日語
關鍵字
一把抓
雅典文化

國家圖書館出版品預行編目資料

日語關鍵字一把抓 / 雅典日研所編著
-- 二版. -- 新北市 : 雅典文化, 民107.07
面 ; 公分. -- (全民學日語 ; 40)
ISBN 978-986-96086-6-4(50K平裝附光碟片)

1.日語 2.會話

803.188 107007659

全民學日語系列 40

日語關鍵字一把抓

企編／雅典日研所

責任編輯／許惠萍

封面設計／林鈺恆

法律顧問：方圓法律事務所／涂成樞律師

總經銷：永續圖書有限公司
永續圖書線上購物網
www.foreverbooks.com.tw

CVS代理／美璟文化有限公司
TEL：（02）2723-9968
FAX：（02）2723-9668

出版日／2018年07月

雅典文化

出版社
22103 新北市汐止區大同路三段194號9樓之1
TEL （02）8647-3663
FAX （02）8647-3660

50音基本發音表

清音

MP3 002

a	ㄚ	i	ㄧ	u	ㄨ	e	ㄝ	o	ㄡ
あ	ア	い	イ	う	ウ	え	エ	お	オ
ka	ㄎㄚ	ki	ㄎㄧ	ku	ㄎㄨ	ke	ㄎㄝ	ko	ㄎㄡ
か	カ	き	キ	く	ク	け	ケ	こ	コ
sa	ㄙㄚ	shi	ㄒ	su	ㄙ	se	ㄙㄝ	so	ㄙㄡ
さ	サ	し	シ	す	ス	せ	セ	そ	ソ
ta	ㄊㄚ	chi	ㄑㄧ	tsu	ㄘ	te	ㄊㄝ	to	ㄊㄡ
た	タ	ち	チ	つ	ツ	て	テ	と	ト
na	ㄋㄚ	ni	ㄋㄧ	nu	ㄋㄨ	ne	ㄋㄝ	no	ㄋㄡ
な	ナ	に	ニ	ぬ	ヌ	ね	ネ	の	ノ
ha	ㄏㄚ	hi	ㄏㄧ	fu	ㄈㄨ	he	ㄏㄝ	ho	ㄏㄡ
は	ハ	ひ	ヒ	ふ	フ	へ	ヘ	ほ	ホ
ma	ㄇㄚ	mi	ㄇㄧ	mu	ㄇㄨ	me	ㄇㄝ	mo	ㄇㄡ
ま	マ	み	ミ	む	ム	め	メ	も	モ
ya	ㄧㄚ			yu	ㄧㄩ			yo	ㄧㄡ
や	ヤ			ゆ	ユ			よ	ヨ
ra	ㄌㄚ	ri	ㄌㄧ	ru	ㄌㄨ	re	ㄌㄝ	ro	ㄌㄡ
ら	ラ	り	リ	る	ル	れ	レ	ろ	ロ
wa	ㄨㄚ			o	ㄡ			n	ㄣ
わ	ワ			を	ヲ			ん	ン

濁音

MP3 003

ga	ㄍㄚ	gi	ㄍㄧ	gu	ㄍㄨ	ge	ㄍㄝ	go	ㄍㄡ
が	ガ	ぎ	ギ	ぐ	グ	げ	ゲ	ご	ゴ
za	ㄗㄚ	ji	ㄐㄧ	zu	ㄗ	ze	ㄗㄝ	zo	ㄗㄡ
ざ	ザ	じ	ジ	ず	ズ	ぜ	ゼ	ぞ	ゾ
da	ㄉㄚ	ji	ㄐㄧ	zu	ㄗ	de	ㄉㄝ	do	ㄉㄡ
だ	ダ	ぢ	ヂ	づ	ヅ	で	デ	ど	ド
ba	ㄅㄚ	bi	ㄅㄧ	bu	ㄅㄨ	be	ㄅㄟ	bo	ㄅㄡ
ば	バ	び	ビ	ぶ	ブ	べ	ベ	ぼ	ボ
pa	ㄆㄚ	pi	ㄆㄧ	pu	ㄆㄨ	pe	ㄆㄝ	po	ㄆㄡ
ぱ	パ	ぴ	ピ	ぷ	プ	ぺ	ペ	ぽ	ポ

拗音

MP3 004

kya ㄎ一ㄚ		kyu ㄎ一ㄩ		kyo ㄎ一ㄡ	
きゃ	キャ	きゅ	キュ	きょ	キョ
sha ㄒ一ㄚ		shu ㄒ一ㄩ		sho ㄒ一ㄡ	
しゃ	シャ	しゅ	シュ	しょ	ショ
cha ㄑ一ㄚ		chu ㄑ一ㄩ		cho ㄑ一ㄡ	
ちゃ	チャ	ちゅ	チュ	ちょ	チョ
nya ㄋ一ㄚ		nyu ㄋ一ㄩ		nyo ㄋ一ㄡ	
にゃ	ニャ	にゅ	ニュ	にょ	ニョ
hya ㄏ一ㄚ		hyu ㄏ一ㄩ		hyo ㄏ一ㄡ	
ひゃ	ヒャ	ひゅ	ヒュ	ひょ	ヒョ
mya ㄇ一ㄚ		myu ㄇ一ㄩ		myo ㄇ一ㄡ	
みゃ	ミャ	みゅ	ミュ	みょ	ミョ
rya ㄌ一ㄚ		ryu ㄌ一ㄩ		ryo ㄌ一ㄡ	
りゃ	リャ	りゅ	リュ	りょ	リョ

gya ㄍ一ㄚ		gyu ㄍ一ㄩ		gyo ㄍ一ㄡ	
ぎゃ	ギャ	ぎゅ	ギュ	ぎょ	ギョ
ja ㄐ一ㄚ		ju ㄐ一ㄩ		jo ㄐ一ㄡ	
じゃ	ジャ	じゅ	ジュ	じょ	ジョ
ja ㄐ一ㄚ		ju ㄐ一ㄩ		jo ㄐ一ㄡ	
ぢゃ	ヂャ	づゅ	ヂュ	ぢょ	ヂョ
bya ㄅ一ㄚ		byu ㄅ一ㄩ		byo ㄅ一ㄡ	
びゃ	ビャ	びゅ	ビュ	びょ	ビョ
pya ㄆ一ㄚ		pyu ㄆ一ㄩ		pyo ㄆ一ㄡ	
ぴゃ	ピャ	ぴゅ	ピュ	ぴょ	ピョ

平假名	片假名

序言

初學日文者，多半希望可以立即將所學利用在生活中，但卻苦於日語教科書中繁複的文法、冗長的會話，而一直不得要領。其實，要用日語溝通，最主要是抓住關鍵字，即使文法概念並不完整，但是能夠組合活用關鍵字的話，就可以正確表達自己的意思。

在本書中，列舉了日語中常用的「關鍵字」，詳述用法、使用場合，再舉出會話實例、常用句字，讓讀者可以認識並活用關鍵字。除此之外，更配合外籍教師發音MP3，讀者可以反覆聆聽，以習慣日語的語調；跟隨朗讀，讓自己的發音表達更精確，相信經由本書，了解每個關鍵字的使用時刻、場合，在旅遊或生活上需要用日語溝通的時刻，要輕鬆用日語表達自我絕對不是夢想。

Chapter 1 日常禮儀

Chapter 3 發問徵詢篇

Chapter 4 開心稱讚篇

Chapter 6 身心狀態篇

Chapter 7 個人喜好篇

Chapter 8 忠告建議篇

Chapter 9 談天説地篇

Chapter 10 請求協助篇

Chapter
1
日常禮儀

こんにちは

ko.n.ni.chi.wa

你好

說明

相當於中文中的「你好」。和較不熟的朋友，還有鄰居打招呼時使用，是除了早安和晚安之外，最常用的打招呼用語。

會話一

A：こんにちは。
ko.n.ni.chi.wa.
你好。

B：こんにちは、いい天気(てんき)ですね。
ko.n.ni.chi.wa./i.i.te.n.ki.de.su.ne.
你好，今天天氣真好呢！

會話二

A：篤志(あつし)さん、こんにちは。
a.tsu.shi.sa.n./ko.n.ni.chi.wa.
篤志先生，你好。

B：やあ、奈津美(なつみ)さん、こんにちは。
ya.a./na.tsu.mi.sa.n./ko.n.ni.chi.wa.
嗨，奈津美小姐，你好。

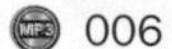

すみません。

su.mi.ma.se.n.

不好意思。／謝謝。

説　明

「すみません」也可說成「すいません」，這句話可說是日語會話中最常用、也最好用的一句話。無論是在表達歉意、向人開口攀談、甚至是表達謝意時，都可以用「すみません」一句話來表達自己的心意。用日語溝通時經常使用此句，絕對不會失禮。

會　話

A：あのう…、ここは禁煙(きんえん)です。

a.no.u./ko.ko.wa.ki.n.e.n.de.su.

呃，這裡禁菸。

B：あっ、すみません。

a./su.mi.ma.se.n.

啊，對不起。

應用句子

✽ あのう、すみません。

a.no.u./su.mi.ma.se.n.

那個，不好意思。（請問……）

✽ わざわざ来(き)てくれて、すみません。

wa.za.wa.za./ki.te.ku.re.te./su.mi.ma.se.n.

勞煩您特地前來，真是過意不去。

MP3 007

おはよう。

o.ha.yo.u.

早安

說　明

在早上遇到人時可以用「おはようございます」來打招呼，較熟的朋友可以只說「おはよう」。另外在職場上，當天第一次見面時，就算不是早上，也可以說「おはようございます」。

會　話

A：課長（かちょう）、おはようございます。

ka.cho.u./o.ha.yo.u./go.za.i.ma.su.

課長，早安。

B：おはよう。今日（きょう）も暑（あつ）いね。

o.ha.yo.u./kyo.u.mo./a.tsu.i.ne.

早安。今天還是很熱呢！

應用句子

✽お父（とう）さん、おはよう。

o.to.u.sa.n./o.ha.yo.u.

爸，早安。

✽おはよう、今日（きょう）もいい天気（てんき）ですね。

o.ha.yo.u./kyo.u.mo.i.i.te.n.ki.de.su.ne.

早安。今天也是好天氣呢！

✽おはようございます。お出（で）かけですか？

o.ha.yo.u./go.za.i.ma.su./o.de.ka.ke.de.su.ka.

早安，要出門嗎？

お元気(げんき)ですか？

o.ge.n.ki.de.su.ka.

近來好嗎？

說　明

在遇到許久不見的朋友時可以用這句話來詢問對方的近況。但若是經常見面的朋友，則不會使用這句話。

會　話

A：田口(たぐち)さん、久(ひさ)しぶりです。お元気(げんき)ですか？
ta.gu.chi.sa.n./hi.sa.shi.bu.ri.de.su./o.ge.n.ki.de.su.ka.
田口先生，好久不見了。近來好嗎？

B：ええ、おかげさまで元気(げんき)です。鈴木(すずき)さんは？
e.e./o.ka.ge.sa.ma.de./ge.n.ki.de.su./su.zu.ki.sa.n.wa.
嗯，託你的福，我很好。鈴木先生你呢？

應用句子

✽ 元気(げんき)？
ge.n.ki.
還好嗎？

✽ ご家族(かぞく)は元気(げんき)ですか。
go.ka.zo.ku.wa./ge.n.ki.de.su.ka.
家人都好嗎？

✽ 元気(げんき)です。
ge.n.ki.de.su.
（我）很好。

おやすみ。

o.ya.su.mi.

晚安。

說　明

晚上睡前向家人或朋友道晚安，祝福對方也有一夜好眠。

會話

A：眠いから先に寝るわ。

ne.mu.i.ka.ra./sa.ki.ni.ne.ru.wa.

我想睡了，先去睡囉。

B：うん、おやすみ。

u.n./o.ya.su.mi.

嗯，晚安。

會話二

A：では、おやすみなさい。明日も頑張りましょう。

de.wa./o.ya.su.mi.na.sa./a.shi.ta.mo./ga.n.ba.ri.ma.sho.u.

那麼，晚安囉。明天再加油吧！

B：はい。おやすみなさい。

ha.i./o.ya.su.mi.na.sa.i.

好的，晚安。

MP3 010

ありがとう。

a.ri.ga.to.u.

謝謝。

說　明

向人道謝時，若對方比自己地位高，可以用「ありがとうございます」。而一般的朋友或是後輩，則是說「ありがとう」即可。

會　話

A：これ、つまらない物(もの)ですが。

ko.re./tsu.ma.ra.na.i.mo.no.de.su.ga.

這個給你，一點小心意。

B：どうもわざわざありがとう。

do.u.mo./wa.za.wa.za.a.ri.ga.to.u.

謝謝你的用心。

應用句子

✽ ありがとうございます。

a.ri.ga.to.u./go.za.i.ma.su.

謝謝。

✽ 感動(かんどう)と興奮(こうふん)をありがとう。

ka.n.do.u.to./ko.u.fu.n.o./a.ri.ga.to.u.

謝謝你帶給我的感動和興奮。

✽ 手伝(てつだ)ってくれてありがとう。

te.tsu.da.tte.ku.re.te./a.ri.ga.to.u.

謝謝你的幫忙。

MP3 011

ごめん。

go.me.n.

對不起。

説　明

「ごめん」和「すみません」比起來，較不正式。只適合用於朋友、家人間。若是不小心撞到別人，或是向人鄭重道歉時，還是要用「すみません」才不會失禮。

會　話

A：カラオケに行(い)かない？

ka.ra.o.ke.ni./i.ka.na.i.

要不要一起去唱KTV？

B：ごめん、今日(きょう)は用事(ようじ)があるんだ。

go.me.n./kyo.u.wa.yo.u.ji.ga./a.ru.n.da.

對不起，我今天剛好有事。

應用句子

✽ 名前(なまえ)を間違(まちが)えちゃった。ごめんね。

na.ma.e.o./ma.chi.ga.e.cha.tta./go.me.n.ne.

弄錯了你的名字，對不起。

✽ ごめんなさい。

go.me.n.na.sa.i.

真對不起。

✽ 約束(やくそく)を守(まも)らなくてごめんなさい。

ya.ku.so.ku.o./ma.mo.ra.na.ku.te./go.me.n.na.sa.i.

沒有遵守約定，真對不起。

MP3 012

いただきます。

i.ta.da.ki.ma.su.

開動了。

說　明

日本人用餐前，都會說「いただきます」，即使是只有自己一個人用餐的時候也照說不誤。這樣做表示對食物的感恩和對料理人的感謝。

會　話

A：わあ、おいしそう！お兄ちゃんはまだ？

wa.a./o.i.shi.so.u./o.ni.i.cha.n.wa./ma.da.

哇，看起來好好吃喔！哥哥他還沒回來嗎？

B：今日は遅くなるって言ったから、先に食べてね。

kyo.u.wa./o.so.ku.na.ru.tte./i.tta.ka.ra./sa.ki.ni.ta.be.te.ne.

他說今天會晚一點，你先吃吧！

A：やった！いただきます。

ya.tta./i.ta.da.ki.ma.su.

太好了！開動了。

應用句子

✱お先にいただきます。

o.sa.ki.ni./i.ta.da.ki.ma.su.

我先開動了。

✱いい匂いがする！いただきます。

i.i.ni.o.i.ga./su.ru./i.ta.da.ki.ma.su.

聞起來好香喔！我要開動了。

MP3 013

行(い)ってきます。

i.tte.ki.ma.su.

我要出發了。

説　明

在出家門前，或是公司的同事要出門處理公務時，都會說「行ってきます」，告知自己要出門了。另外參加表演或比賽時，上場前也會說這句話。

會話一

A：じゃ、行(い)ってきます。

ja./i.tte.ki.ma.su.

那麼，我要出門了。

B：行(い)ってらっしゃい、鍵(かぎ)を忘(わす)れないでね。

i.tte.ra.ssha.i./ka.gi.o.wa.su.re.na.i.de.ne.

慢走。別忘了帶鑰匙喔！

會話二

A：お客(きゃく)さんのところに行(い)ってきます。

o.kya.ku.sa.n.no./to.ko.ro.ni./i.tte.ki.ma.su.

我去拜訪客戶了。

B：行(い)ってらっしゃい。頑張(がんば)ってね。

i.tte.ra.ssha.i./ga.n.ba.tte.ne.

請慢走。加油喔！

MP3 014

行(い)ってらっしゃい。

i.tte.ra.ssha.i.

請慢走。

說　明

聽到對方說「行ってきます」的時候，我們就要說「行ってらっしゃい」表示祝福之意。

會　話

A：行(い)ってきます。
i.tte.ki.ma.su.
我要出門了。

B：行(い)ってらっしゃい。気(き)をつけてね。
i.tte.ra.ssha.i./ki.o.tsu.ke.te.ne.
請慢走。路上小心喔！

應用句子

✻おはよう、行(い)ってらっしゃい。
o.ha.yo.u./i.tte.ra.ssha.i.
早啊，請慢走。

✻気(き)をつけて行(い)ってらっしゃい。
ki.o.tsu.ke.te./i.tte.ra.ssha.i.
路上請小心慢走。

✻行(い)ってらっしゃい。早(はや)く帰(かえ)ってきてね。
i.tte.ra.ssha.i./ha.ya.ku.ka.e.te.ki.te.ne.
請慢走。早點回來喔！

MP3 015

ただいま。

ta.da.i.ma.

我回來了。

說　明

從外面回到家中或是公司時，會說這句話來告知大家自己回來了。另外，回到久違的地方，也可以說「ただいま」。

會話一

A：ただいま。

ta.da.i.ma.

我回來了。

B：お帰(かえ)り。手(て)を洗(あら)って、うがいして。

o.ka.e.ri./te.o.a.ra.tte./u.ga.i.shi.te.

歡迎回來。快去洗手、漱口。

會話二

A：ただいま。

ta.da.i.ma.

我回來了。

B：お帰(かえ)りなさい、今日(きょう)はどうだった？

o.ka.e.ri.na.sa.i./kyo.u.wa.do.u.da.tta.

歡迎回來。今天過得如何？

A：今日(きょう)は散々(さんざん)だったよ。いいニュースと悪(わる)いニュースがあるけど、どっちから聞(き)きたい？

kyo.u.wa./sa.n.za.n.da.tta.yo./i.i.nyu.u.su.to./wa.ru.i.nyu.u.su.ga./a.ru.ke.do./do.cchi.ka.ra.ki.ki.ta.i.

今天發生了很多事呢！有好消息和壞消息，你想先聽哪一個？

016

お帰り。

o.ka.e.ri.

歡迎回來。

說　明

遇到從外面歸來的家人或朋友，表示自己歡迎之意時，會說「お帰り」，順便慰問對方在外的辛勞。

會　話

A：ただいま。
ta.da.i.ma.
我回來了。

B：お帰り。今日は遅かったね。何かあったの？
o.ka.e.ri./kyo.u.wa.o.so.ka.tta.ne./na.ni.ka.a.tta.no.
歡迎回來。今天可真晚，發生什麼事嗎？

應用句子

✽お母さん、お帰りなさい。
o.ka.a.sa.n./o.ka.e.ri.na.sa.i.
媽媽，歡迎回家。

✽由紀君、お帰り。テーブルにおやつがあるからね。
yu.ki.ku.n./o.ka.e.ri./te.e.bu.ru.ni./o.ya.tsu.ga.a.ru.ka.ra.ne.
由紀，歡迎回來。桌上有點心喔！

MP3 017

じゃ、また。

ja./ma.ta.

下次見。

說　明

這句話多半使用在和較熟識的朋友道別的時候，另外在通mail或簡訊時，也可以用在最後，當作「再聯絡」的意思。另外也可以說「では、また」。

會　話

A：あっ、チャイムが鳴（な）った。早（はや）く行（い）かないと怒（おこ）られるよ。

a./cha.i.mu.ga.na.tta./ha.ya.ku.i.ka.na.i.to./o.ko.ra.re.ru.yo.

啊！鐘聲響了。再不快走的話就會被罵了。

B：じゃ、またね。

ja./ma.ta.ne.

那下次見囉！

應用句子

✽ じゃ、また後（あと）でね。

ja./ma.ta.a.to.de.ne.

待會見。

✽ じゃ、また明日（あした）。

ja./ma.ta.a.shi.ta.

明天見。

✽ じゃ、また会（あ）いましょう。

ja./ma.ta.a.i.ma.sho.u.

有緣再會。

MP3 018

お疲(つか)れ様(さま)。

o.tsu.ka.re.sa.ma.

辛苦了。

説　明

當工作結束後，或是在工作場合遇到同事、上司時，都可以用「お疲れ様」來慰問對方的辛勞。至於上司慰問下屬辛勞，則可以用「ご苦労様」「ご苦労様でした」「お疲れ」「お疲れさん」。

會　話

A：ただいま戻(もど)りました。

ta.da.i.ma.mo.do.ri.ma.shi.ta.

我回來了。

B：おっ、田中(たなか)さん、お疲(つか)れ様(さま)でした。

o.ta.na.ka.sa.n./o.tsu.ka.re.sa.ma.de.shi.ta.

喔，田中先生，你辛苦了。

應用句子

✽お仕事(しごと)お疲(つか)れ様(さま)でした。

o.shi.go.to./o.tsu.ka.re.sa.ma.de.shi.ta.

工作辛苦了。

✽では、先(さき)に帰(かえ)ります。お疲(つか)れ様(さま)でした。

de.wa./sa.ki.ni.ka.e.ri.ma.su./o.tsu.ka.re.sa.ma.de.shi.ta.

那麼，我先回家了。大家辛苦了。

✽お疲(つか)れ様(さま)。お茶(ちゃ)でもどうぞ。

o.tsu.ka.re.sa.ma./o.cha.de.mo.do.u.zo.

辛苦了。請喝點茶。

MP3 019

いらっしゃい。

i.ra.ssha.i.

歡迎。

說　明

到日本旅遊進到店家時，第一句聽到的就是「いらっしゃいませ」。而當別人到自己家中拜訪時，也可以用「いらっしゃい」表示自己的歡迎之意。

會話一

A：いらっしゃい、どうぞお上（あ）がりください。

i.ra.ssha.i./do.u.zo.u./o.a.ga.ri.ku.da.sa.i.

歡迎，請進。

B：失礼（しつれい）します。

shi.tsu.re.i.shi.ma.su.

打擾了。

會話二

A：いらっしゃいませ、ご注文（ちゅうもん）は何（なん）ですか？

i.ra.ssha.i.ma.se./go.chu.u.mo.n.wa./na.n.de.su.ka.

歡迎光臨，請要問點些什麼？

B：チーズバーガーのハッピーセットを一（ひと）つください。

chi.i.zu.ba.a.ga.a.no./ha.ppi.i.se.tto.o./hi.to.tsu.ku.da.sa.i.

給我一份起士漢堡的快樂兒童餐。

A：かしこまりました。

ka.shi.ko.ma.ri.ma.shi.ta.

好的。

MP3 020

どうぞ。

do.u.so.

請。

說　明

這句話用在請對方用餐、自由使用設備時，希望對方不要有任何顧慮，儘管去做。

會　話

A：コーヒーをどうぞ。

ko.o.hi.i.o./do.u.zo.

請喝咖啡。

B：ありがとうございます。

a.ri.ga.to.u./go.za.i.ma.su.

謝謝。

應用句子

✽どうぞお先(さき)に。

do.u.zo./o.sa.ki.ni.

您先請。

✽はい、どうぞ。

ha.i./do.u.zo.

好的，請用。

✽どうぞよろしく。

do.u.zo./yo.ro.shi.ku.

請多包涵。／請多指教。

どうも。

do.u.mo.

你好。／謝謝。

說明

和比較熟的朋友或是後輩，見面時可以用這句話來打招呼。向朋友表示感謝時，也可以用這句話。

會話

A：そこのお皿（さら）を取（と）ってください。

so.ko.no.o.sa.ra.o./to.tte.ku.da.sa.i.

請幫我拿那個盤子。

B：はい、どうぞ。

ha.i./do.u.zo.

在這裡，請拿去用。

A：どうも。

do.u.mo.

謝謝。

應用句子

✱どうも。

do.u.mo.

你好。／謝謝。

✱この間（あいだ）はどうも。

ko.no.a.i.da.wa./do.u.mo.

前些日子謝謝你了。

MP3 022

もしもし。

mo.shi.mo.shi.

喂。

說 明

當電話接通時所講的第一句話，用來確認對方是否聽到了。另外要確定對方是否有專心聽自己說話時，也可以用「もしもし」來進行確認。

會話一

A：もしもし、田中(たなか)さんですか？

mo.shi.mo.shi./ta.na.ka.sa.n.de.su.ka.

喂，請問是田中先生嗎？

B：はい、そうです。

ha.i./so.u.de.su.

是的，我就是。

會話二

A：もしもし、聞(き)こえますか？

mo.shi.mo.shi./ki.ko.e.ma.su.ka.

喂，聽得到嗎？

B：ええ、どなたですか？

e.e./do.na.ta.de.su.ka.

嗯，聽得到。請問是哪位？

よい一日(いちにち)を。

yo.i.i.chi.ni.chi.o.

祝你有美好的一天。

説　明

「よい」在日文中是「好」的意思，後面接上了「一日」就表示祝福對方能有美好的一天。

會　話

A：では、よい一日(いちにち)を。

de.wa./yo.i.i.chi.ni.chi.o.

那麼，祝你有美好的一天。

B：よい一日(いちにち)を。

yo.i.i.chi.ni.chi.o.

也祝你有美好的一天。

應用句子

✽ よい休日(きゅうじつ)を。

yo.i.kyu.u.ji.tsu.o.

祝你有個美好的假期。

✽ よいお年(とし)を。

yo.i.o.to.shi.o.

祝你有美好的一年。

✽ よい週末(しゅうまつ)を。

yo.i.shu.u.ma.tsu.o.

祝你有個美好的週末。

MP3 024

お久(ひさ)しぶりです。

o.hi.sa.shi.bu.ri.de.su.

好久不見。

說　明

在和對方久別重逢時，見面時可以用這句，表示好久不見。

會話一

A：こんにちは。お久(ひさ)しぶりです。

ko.n.ni.chi.wa./o.hi.sa.shi.bu.ri.de.su.

你好。好久不見。

B：あら、小林(こばやし)さん。お久(ひさ)しぶりです。お元気(げんき)ですか？

a.ra./ko.ba.ya.shi.sa.n./o.hi.sa.shi.bu.ri.de.su./o.ge.n.ki.de.su.ka.

啊，小林先生。好久不見了。近來好嗎？

會話二

A：久(ひさ)しぶり。

hi.sa.shi.bu.ri.

好久不見。

B：いや、久(ひさ)しぶり。元気(げんき)？

i.ya./hi.sa.shi.bu.ri./ge.n.ki.

嘿！好久不見。近來好嗎？

MP3 025

さよなら。

sa.yo.na.ra.

再會。

說　明

「さよなら」多半是用在雙方下次見面的時間是很久以後，或者是其中一方要到遠方時。若是和經常見面的人道別，則是用「じゃ、また」就可以了。

會　話

A：じゃ、また連絡(れんらく)します。
ja./ma.ta.re.n.ra.ku.shi.ma.su.
那麼，我會再和你聯絡的。

B：ええ、さよなら。
e.e./sa.yo.na.ra.
好的，再會。

應用句子

✽ さよならパーティー。
sa.yo.na.ra.pa.a.ti.i.
惜別會。

✽ 明日(あした)は卒業式(そつぎょうしき)でいよいよ学校(がっこう)ともさよならだ。
a.shi.ta.wa./so.tsu.gyo.u.shi.ki.de./i.yo.i.yo./ga.kko.u.to.mo./sa.yo.na.ra.
明天的畢業典禮上就要和學校說再見了。

MP3 026

失礼(しつれい)します。

shi.tsu.re.i.shi.ma.su.

再見。／抱歉。

說　明

當自己覺得懷有歉意，或者是可能會打擾對方時，可以用這句話來表示。而當自己要離開，或是講電話時要掛電話前，也可以用「失礼します」來表示再見。

會話一

A：これで失礼(しつれい)します。

ko.re.de./shi.tsu.re.i.shi.ma.su.

不好意思我先離開了。

B：はい。ご苦労様(くろうさま)でした。

ha.i./go.ku.ro.u.sa.ma.de.shi.ta.

好的，辛苦了。

會話二

A：お返事(へんじ)が遅(おく)れて失礼(しつれい)しました。

o.he.n.ji.ga./o.ku.re.te./shi.tsu.re.i.shi.ma.shi.ta.

抱歉我太晚給你回音了。

B：大丈夫(だいじょうぶ)です。気(き)にしないでください。

da.i.jo.u.bu.de.su./ki.ni.shi.na.i.de./ku.da.sa.i.

沒關係，不用在意。

よろしく。

yo.ro.shi.ku.

請多照顧。／問好。

説　明

這句話含有「關照」、「問好」之意，所以可以用在初次見面時請對方多多指教包涵的情形。另外也可以用於請對方代為向其他人問好時。

會　話

A：今日の同窓会、行かないの？

kyo.u.no./do.u.so.u.ka.i./i.ka.na.i.no.

今天的同學會，你不去嗎？

B：うん、仕事があるんだ。みんなによろしく伝えて。

u.n./shi.go.to.ga./a.ru.n.da./mi.n.na.ni.yo.ro.shi.ku.tsu.ta.e.te.

是啊，因為我還有工作。代我向大家問好。

應用句子

✽ ご家族によろしくお伝えください。

go.ka.zo.ku.ni./yo.ro.shi.ku./o.tsu.ta.e.te.ku.da.sa.i.

代我向你家人問好。

✽ よろしくお願いします。

yo.ro.shi.ku./o.ne.ga.i.shi.ma.su.

還請多多照顧包涵。

✽ よろしくね。

yo.ro.shi.ku.ne.

請多照顧包涵。

MP3 028

お大事(だいじ)に。

o.da.i.ji.ni.

請保重身體。

說　明

當談話的對象是病人時，在離別之際，會請對方多保重。此時，就可以用這句話來表示請對方多注意身體，好好養病之意。

會　話

A：インフルエンザですね。二(に)、三日(さんにち)は家(いえ)で休(やす)んだほうがいいです。

i.n.fu.ru.e.n.za.de.su.ne./ni.sa.n.ni.chi.wa./i.e.de.ya.su.n.da.ho.u.ga./i.i.de.su.

你得了流感。最好在家休息個兩、三天。

B：はい、分(わ)かりました。

ha.i./wa.ka.ri.ma.shi.ta.

好的，我知道了。

A：では、お大事(だいじ)に。

de.wa./o.da.i.ji.ni.

那麼，請保重身體。

應用句子

✽どうぞお大事(だいじ)に。

do.u.zo./o.da.i.ji.ni.

請保重身體。

✽お大事(だいじ)に、早(はや)くよくなってくださいね。

o.da.i.ji.ni./ha.ya.ku./yo.ku.na.tte./ku.da.sa.i.ne.

請保重，要早點好起來喔！

先日は。

se.n.ji.tsu.wa.

前些日子。

説　明

「先日」有前些日子的意思，日本人的習慣是受人幫助或是會面後，再次見面時，仍然要感謝對方前些日子的照顧。

會　話

A：花田さん、先日は結構なものをいただきまして、本当にありがとうございます。

ha.na.da.sa.n./se.n.ji.tsu.wa./ke.kko.u.na.mo.no.o./i.ta.da.ki.ma.shi.te./ho.n.to.u.ni.a.ri.ga.to.u./go.za.i.ma.su.

花田先生，前些日子收了您的大禮，真是謝謝你。

B：いいえ、大したものでもありません。

i.i.e./ta.i.shi.ta.mo.no.de.mo./a.ri.ma.se.n.

哪兒的話，又不是什麼貴重的東西。

應用句子

✿ 先日はどうもありがとうございました。

se.n.ji.tsu.wa./do.u.mo.a.ri.ga.to.u./go.za.i.ma.shi.ta.

前些日子謝謝你的照顧。

✿ 先日は失礼しました。

se.n.ji.tsu.wa./shi.tsu.re.i.shi.ma.shi.ta.

前些日子的事真是感到抱歉。

MP3 030

申し訳ありません。

mo.u.shi.wa.ke.a.ri.ma.se.n.

深感抱歉。

說明

想要鄭重表達自己的歉意，或者是向地位比自己高的人道歉時，只用「すみません」，會顯得誠意不足，應該要使用「申し訳ありません」「申し訳ございません」，表達自己深切的悔意。

會話

A：こちらは102号室です。エアコンの調子が悪いようです。

ko.chi.ra.wa./i.chi.ma.ru.ni.go.u.shi.tsu.de.su./e.a.ko.n.no.cho.u.shi.ga./wa.ru.i.yo.u.de.su.

這裡是102號房，空調好像有點怪怪的。

B：申し訳ありません。ただいま点検します。

mo.u.shi.wa.ke.a.ri.ma.se.n./ta.da.i.ma.te.n.ke.n.shi.ma.su.

真是深感抱歉，我們現在馬上去檢查。

應用句子

✽みなさんに申し訳ない。

mi.na.sa.n.ni./mo.u.shi.wa.ke.na.i.

對大家感到抱歉。

✽申し訳ありませんが、明日は出席できません。

mo.shi.wa.ke.a.ri.ma.se.n.ga./a.shi.ta.wa./shu.sse.ki.de.ki.ma.se.n.

真是深感抱歉，我明天不能參加。

MP3 031

迷惑(めいわく)をかける。

me.i.wa.ku.o.ka.ke.ru.

造成困擾。

説 明

日本社會中，人人都希望盡量不要造成別人的困擾，因此當自己有可能使對方感到不便時，就會主動道歉，而生活中也會隨時提醒自己或小孩不要影響到他人。

會 話

A：ご迷惑(めいわく)をおかけして申(もう)し訳(わけ)ありませんでした。

go.me.i.wa.ku.o./o.ka.ke.shi.te./mo.u.shi.wa.ke.a.ri.ma.se.n.de.shi.ta.

造成您的困擾，真是深感抱歉。

B：今後(こんご)はしっかりお願(ねが)いしますよ。

ko.n.go.wa./shi.kka.ri.o.ne.ga.i.shi.ma.su.yo.

之後你要多注意點啊！

應用句子

✽ 他人(たにん)に迷惑(めいわく)をかけるな！

ta.ni.n.ni./me.i.wa.ku.o.ka.ke.ru.na.

不要造成別人的困擾！

✽ 人(ひと)の迷惑(めいわく)にならないように気(き)をつけて。

hi.to.no.me.i.wa.ku.ni./na.ra.na.i.yo.u.ni./ki.o.tsu.ke.te.

小心不要造成別人的困擾。

MP3 032

どうもご親切(しんせつ)に。

do.u.mo./go.shi.n.se.tsu.ni.

謝謝你的好意。

說　明

「親切」指的是對方的好意，和中文的「親切」意思非常相近。當自己接受幫助時，別忘了感謝對方的好意喔！

會　話

A：空港(くうこう)までお迎(むか)えに行(い)きましょうか。

ku.u.ko.u.ma.de./o.mu.ka.e.ni.i.ki.ma.sho.u.ka.

我到機場去接你吧！

B：どうもご親切(しんせつ)に。

do.u.mo.go.shi.n.se.tsu.ni.

謝謝你的好意。

應用句子

✽ ご親切(しんせつ)は忘(わす)れません。

go.shi.n.se.tsu.wa./wa.su.re.ma.se.n.

你的好意我不會忘記的。

✽ 花田(はなだ)さんは本当(ほんとう)に親切(しんせつ)な人(ひと)だ。

ha.na.da.sa.n.wa./ho.n.to.u.ni./shi.n.se.tsu.na.hi.to.da.

花田小姐真是個親切的人。

MP3 033

恐(おそ)れ入(い)ります。

o.so.re.i.ri.ma.su.

抱歉。／不好意思。

說明

這句話含有誠惶誠恐的意思，當自己有求於人，或怕對方正在百忙中無法抽空時，就會用這句話來表達自己實在不好意思之意。

會話

A：お休(やす)み中(ちゅう)に恐(おそ)れ入(い)ります。
o.ya.su.mi.chu.u.ni./o.so.re.i.ri.ma.su.
不好意思，打擾你休息。

B：何(なん)ですか？
na.n.de.su.ka.
有什麼事嗎？

應用句子

✽ご迷惑(めいわく)を掛(か)けまして恐(おそ)れ入(い)りました。
go.me.i.wa.ku.o.ka.ke.ma.shi.te./o.so.re.i.ri.ma.shi.ta.
不好意思，造成你的麻煩。

✽まことに恐(おそ)れ入ります。
ma.ko.to.ni./o.so.re.i.ri.ma.su.
真的很不好意思。

✽恐(おそ)れ入(い)りますが、今何時(いまなんじ)でしょうか？
o.so.re.i.ri.ma.su.ga./i.ma.na.n.ji.de.sho.u.ka.
不好意思，請問現在幾點？

MP3 034

世話（せわ）。

se.wa.

照顧。

説　明

「世話」是照顧的意思。照顧別人是「世話をする」；受人照顧則是「世話になる」。感謝對方的照顧就說「お世話になりました」。

會　話

A：いろいろお世話（せわ）になりました。ありがとうございます。

i.ro.i.ro./o.se.wa.ni.na.ri.ma.shi.ta./a.ri.ga.to.u./go.za.i.ma.su.

受到你很多照顧，真的很感謝你。

B：いいえ、こちらこそ。

i.i.e./ko.chi.ra.ko.so.

哪兒的話，彼此彼此。

應用句子

✽ 子供（こども）の世話（せわ）をする。

ko.do.mo.no.se.wa.o.su.ru.

照顧小孩。

✽ 彼（かれ）の世話（せわ）になった。

ka.re.no.se.wa.ni.na.tta.

受他照顧了。

結構(けっこう)です。

ke.kko.u.de.su.

好的。／不用了。

說　明

「結構です」有正反兩種意思，一種是表示「可以、沒問題」；但另一種意思卻是表示「不需要」，帶有「你的好意我心領了」的意思。所以當自己要使用這句話時，別忘了透過語調、表情和手勢等，讓對方了解你的意思。

會　話

A：よかったら、もう少(すこ)し頼(たの)みませんか？

yo.ka.tta.ra./mo.u.su.ko.shi./ta.no.mi.ma.se.n.ka.

要不要再多點一點菜呢？

B：もう結構(けっこう)です。十分(じゅうぶん)いただきました。

mo.u.ke.kko.u.de.su./ju.u.bu.n.i.ta.da.ki.ma.shi.ta.

不用了，我已經吃很多了。

應用句子

✽いいえ、結構(けっこう)です。

i.i.e./ke.kko.u.de.su.

不，不用了。

✽お支払(しはら)いはクレジットカードでも結構(けっこう)です。

o.shi.ha.ra.i.wa./ku.re.ji.tto.ka.a.do.de.mo./ke.kko.u.de.su.

也可以用信用卡付款。

MP3 036

遠慮(えんりょ)しないで。

e.n.ryo.shi.na.i.de.

不用客氣。

説　明

日本人為了盡量避免造成別人的困擾，總是經常拒絕或是有所保留。若遇到這種情形，想請對方不用客氣，就可以使用這句話。

會　話

A：遠慮(えんりょ)しないで、たくさん召(め)し上(あ)がってくださいね。

e.n.ryo.shi.na.i.de./ta.ku.sa.n.me.shi.a.ga.tte./ku.da.sa.i.ne.

不用客氣，請多吃點。

B：では、お言葉(ことば)に甘(あま)えて。

de.wa./o.ko.to.ba.ni.a.ma.e.te.

那麼，我就恭敬不如從命。

應用句子

✽ご遠慮(えんりょ)なく。

go.e.n.ryo.na.ku.

請別客氣。

✽遠慮(えんりょ)なくちょうだいします。

e.n.ryo.na.ku./cho.u.da.i.shi.ma.su.

那我就不客氣收下了。

MP3 037

お待(ま)たせ。

o.ma.ta.se.

久等了。

說　明

當朋友相約，其中一方較晚到時，就可以說「お待たせ」。而在比較正式的場合，比如說是面對客戶時，無論對方等待的時間長短，還是會說「お待たせしました」，來表示讓對方久等了，不好意思。

會　話

A：ごめん、お待(ま)たせ。
go.me.n./o.ma.ta.se.
對不起，久等了。

B：ううん、行(い)こうか。
u.u.n./i.ko.u.ka.
不會啦！走吧。

應用句子

✽ お待(ま)たせしました。
o.ma.ta.se.shi.ma.shi.ta.
讓你久等了。

✽ お待(ま)たせいたしました。
o.ma.ta.se.i.ta.shi.ma.shi.ta.
讓您久等了。

MP3 038

とんでもない。

to.n.de.mo.na.i.

哪兒的話。／太不合情理了啦！

說明

這句話是用於表示謙虛。當受到別人稱讚時，回答「とんでもないです」，就等於是中文的「哪兒的話」。而當自己接受他人的好意時，則用這句話表示自己沒有好到可以接受對方的盛情之意。

會話

A：これ、つまらない物(もの)ですが。

ko.re./tsu.ma.ra.na.i.mo.no.de.su.ga.

送你，這是一點小意思。

B：お礼(れい)をいただくなんてとんでもないことです。

o.re.i.o.i.ta.da.ku.na.n.te./to.n.de.mo.na.i.ko.to.de.su.

怎麼能收你的禮？真是太不合情理了啦！

應用句子

✽とんでもありません。

to.n.de.mo.a.ri.ma.se.n.

哪兒的話。

✽まったくとんでもない話(はなし)だ。

ma.tta.ku.to.n.de.mo.na.i.ha.na.shi.da.

真是太不合情理了。

せっかく。

se.kka.ku.

難得。

説 明

遇到兩人難得相見的場面，可以用「せっかく」來表示機會難得。有時候，則是用說明自己或是對方專程做了某些準備，但是結果卻不如預期的場合。

會 話

A：せっかくですから、ご飯(はん)でも行(い)かない？

se.kka.ku.de.su.ka.ra./go.ha.n.de.mo.i.ka.na.i.

難得見面，要不要一起去吃飯？

B：ごめん、ちょっと用(よう)があるんだ。

go.me.n./sho.tto.yo.u.ga.a.ru.n.da.

對不起，我還有點事。

應用句子

✽ せっかくの料理(りょうり)が冷(さ)めてしまった。

se.kka.ku.no.ryo.ri.ga./sa.me.te.shi.ma.tta.

特地煮的餐點都冷了啦！

✽ せっかくですが結構(けっこう)です。

se.kka.ku.de.su.ga./ke.kko.u.de.su.

難得你特地邀約，但不用了。

MP3 040

おかげで。

o.ka.ge.de.

託福。

說明

當自己接受別人的恭賀時，在道謝之餘，同時也感謝對方之前的支持和幫忙。也可以說「おかげさまで」來表示自己的感恩之意。

會話

A：試験（しけん）はどうだった？

shi.ke.n.wa./do.u.da.tta.

考試結果如何？

B：先生（せんせい）のおかげで合格（ごうかく）しました。

se.n.se.i.no.o.ka.ge.de./go.u.ga.ku.shi.ma.shi.ta.

託老師的福，我通過了。

應用句子

✽おかげさまで。

o.ka.ge.sa.ma.de.

託你的福。

✽あなたのおかげです。

a.na.ta.no.o.ka.ge.de.su.

託你的福。

どういたしまして。

do.u.i.ta.shi.ma.shi.te.

不客氣。

說　明

幫助別人之後，當對方道謝時，要表示自己只是舉手之勞，就用「どういたしまして」來表示這只是小事一樁，何足掛齒。

會話一

A：ありがとうございます。
a.ri.ga.to.u./go.za.i.ma.su.
謝謝。

B：いいえ、どういたしまして。
i.i.e./do.u.i.ta.shi.ma.shi.te.
沒什麼，不用客氣。

會話二

A：杉浦（すぎうら）さん、先日（せんじつ）はお世話（せわ）になりました。大変助（たいへんたす）かりました。
su.gi.u.ra.sa.n./se.n.ji.tsu.wa./o.se.wa.ni.na.ri.ma.shi.ta./ta.i.he.n.ta.su.ka.ri.ma.shi.ta.
杉浦先生，前些日子受你照顧了。真是幫了我大忙。

B：いいえ、どういたしまして。
i.i.e./do.u.i.ta.shi.ma.shi.te.
不，別客氣。

Chapter 2 發語答腔篇

それもそうだ。

so.re.mo.so.u.da.

說得也對。

説　明

在談話中，經過對方的提醒、建議而讓想法有所改變時，可以用這句話來表示贊同和恍然大悟。

會　話

A：皆(みな)で一緒(いっしょ)に考(かんが)えたほうがいいよ。

mi.na.de.i.ssho.ni./ka.n.ga.e.ta.ho.u.ga./i.i.yo.

大家一起想會比較好喔！

B：それもそうだね。

so.re.mo.so.u.da.ne.

說得也對。

應用句子

* それもそうですね。

so.re.mo.so.u.de.su.ne.

說得也對。

* それもそうかもなあ。

so.re.mo.so.u.ka.mo.na.a.

也許你說得對。

MP3 043

えっと。

e.tto.

呃……。

說　明

回答問題的時候，如果還需要一些時間思考，日本人通常會用重複一次問題，或是利用一些詞來延長回答的時間，像是「えっと」「う～ん」之類的，都可以在思考問題時使用。

會　話

A：全部(ぜんぶ)でいくら？

se.n.bu.de.i.ku.ra.

全部多少錢？

B：えっと、三千円(さんぜんえん)くらいかなあ。

e.tto./sa.n.ze.n.e.n.ku.ra.i.a.na.a.

呃……，大概三千日元左右吧。

應用句子

✽えっとね。

e.tto.ne.

呃……。

✽えっと…、えっと…。

e.tto./e.tto.

嗯……，嗯……。

MP3 044

まあまあ。

ma.a.ma.a.

還好。

說 明

要是覺得事物沒有自己預期的好，或是程度只是一般的話，會用這句話來表示。另外當對方問起自己的近況，自己覺得最近過得很普通，不算太好的話，也可以用「まあまあ」來表示。

會話一

A：この曲（きょく）がいい。

ko.no.kyo.ku.ga.i.i.

這首歌真好聽。

B：そう？まあまあだね。

so.u./ma.a.ma.a.da.ne.

是嗎？還好吧。

會話二

A：味（あじ）はどうですか？

a.ji.wa.do.u.de.su.ka.

味道如何呢？

B：まあまあです。

ma.a.ma.a.de.su.

很普通。

MP3 045

そうかも。

so.u.ka.mo.

也許是這樣。

說　明

當對話時，對方提出了一個推斷的想法，但是聽的人也不確定這樣的想法是不是正確時，就能用「そうかも」來表示自己也不確定，但對方說的應該是對的。

會話一

A：あの人、付き合い悪いから、誘ってもこないかも。

a.no.hi.to./tsu.ki.a.i.wa.ru.i.ka.ra./sa.so.tte.mo.ko.na.i.ka.mo.

那個人，因為很難相處，就算約他也不會來吧。

B：そうかもね。

so.u.ka.mo.ne.

也許是這樣吧。

會話二

A：わたしは頭がおかしいのでしょうか？

wa.ta.shi.wa./a.ta.ma.ga.o.ka.shi.i.no.de.sho.u.ka.

我的想法是不是很奇怪？

B：そうかもしれませんね。

so.u.ka.mo.shi.re.ma.se.n.ne.

搞不好是喔！

つまり。

tsu.ma.ri.

也就是說。

說明

這句話有總結的意思，在對話中，經過前面的解釋、溝通中，得出了結論和推斷，用總結的一句話講出時，就可以用到「つまり」。

會話

A：今日(きょう)は用事(ようじ)があるから…。

kyo.u.wa./yo.u.ji.ga.a.ru.ka.ra.

今天有點事……。

B：つまり行(い)かないってこと？

tsu.ma.ri./i.ka.na.i.tte.ko.to.

也就是說你不去囉？

應用句子

✽つまりあなたは何(なに)をしたいのか？

tsu.ma.ri.a.na.ta.wa./na.ni.o.shi.ta.i.no.ka.

你到底想做什麼呢？

✽これはつまりお前(まえ)のためだ。

ko.re.wa./tsu.ma.ri.o.ma.e.no.ta.me.da.

總之這都是為了你。

MP3 047

だって。

da.tte.

但是。

說　明

受到對方的責難、抱怨時，若自己也有滿腹的委屈，想要有所辯駁時，就可以用「だって」。但是這句話可不適用於和長輩對話時使用，否則會被認為是任性又愛找藉口。

會　話

A：早(はや)くやってくれよ。

ha.ya.ku.ya.tte.ku.re.yo.

快點去做啦！

B：だって、暇(ひま)がないんだもん。

da.tte./hi.ma.ga.na.i.n.da.mo.n.

但是，我真的沒有時間嘛！

應用句子

* 旅行(りょこう)に行(い)くのはやめよう。だって、チケットが取(と)れないもん。

  ryo.ko.u.ni.i.ku.no.wa./ya.me.yo.u./da.tte./chi.kke.toga./to.re.na.i.mo.n.

  我不去旅行了，因為我買不到票。

* わたしだって嫌(いや)です。

  wa.ta.shi.da.tte.i.ya.de.su.

  但是我也不喜歡啊！

048

確か。

ta.shi.ka.

的確。

說明

在對話中，對自己的想法或記憶有把握，但是又不想講得太斬釘截鐵，就會用「確か」來把示自己對這件事是有把握的。

會話

A：パーティーは八時半って聞いてたけど。

pa.a.ti.i.wa.ha.chi.ji.ha.n.tte./ki.i.te.ta.ke.do.

我聽說派對是八點半開始。

B：いや、電話で七時半にって確かに聞きました。

i.ya./de.n.wa.de.shi.chi.ji.ha.n.ni.tte./ta.shi.ka.ni.ki.ki.ma.shi.ta.

不，我在電話中的確聽到是說七點半。

應用句子

確かな証拠がある。

ta.shi.ka.na.sho.u.ko.ga.a.ru.

有確切的證據。

月末までには確かにお返しします。

ge.tsu.ma.tsu.ma.de.ni.wa./ta.shi.ka.ni.o.ka.e.shi.shi.ma.su.

月底會我肯定會還給你。

MP3 049

とおりだ。

do.o.ri.da.

正是如此。

説　明

這句話帶有「照著做」「果不其然」的意思。當事情的事實和預期的結果一樣時，就可以用這句話來表示。

會　話

A：ほら、わたしの言(い)ったとおりでしょう？
ho.ra./wa.ta.shi.no.i.tta.to.o.ri.de.sho.u.
看吧，正如我説的吧！

B：本当(ほんとう)だ。この味(あじ)はいける。
ho.n.to.u.da./ko.no.a.ji.wa.i.ke.ru.
真的耶，這味道真不錯。

應用句子

✽ そのとおりにすれば間違(まちが)いがない。
so.no.to.o.ri.ni.su.re.ba./ma.chi.ga.i.ga.na.i.
照那樣做的話一定沒有錯。

✽ まったくそのとおりです。
ma.tta.ku./so.no.to.o.ri.de.su.
真的就如同那樣。

✽ 従来(じゅうらい)のとおりです。
ju.u.ra.i.no.to.o.ri.de.su.
一如往常。

わたしも。

wa.ta.shi.mo.

我也是。

說　明

「も」這個字是「也」的意思，當人、事、物有相同的特點時，就可以用這個字來表現。

會　話

A：昨日海へ行ったんだ。

ki.no.u./u.mi.e.i.tta.n.da.

我昨天去了海邊。

B：本当？わたしも行ったよ。

ho.n.to.u./wa.ta.shi.mo.i.tta.yo.

真的嗎？我昨天也去了耶！

應用句子

✽ 今日もまた雨です。

kyo.u.mo.ma.ta.a.me.de.su.

今天又是雨天。

✽ 田中さんも鈴木さんも佐藤さんもみんなおんなじ大学の学生です。

ta.na.ka.sa.n.mo./su.zu.ki.sa.n.mo./sa.to.u.sa.n.mo./mi.n.na.o.n.na.ji.da.i.ga.ku.no./ga.ku.se.i.de.su.

田中先生、鈴木先生和佐藤先生，大家都是同一所大學生的學生。

MP3 051

賛成（さんせい）。

sa.n.se.i.

贊成。

説　明

和中文的「贊成」意思相同，用法也一樣。在附和別人的意見時，用來表達自己也是同樣意見。

會話一

A：明日動物園に行こうか？（あしたどうぶつえん・い）

a.shi.ta.do.u.bu.tsu.e.n.ni./i.ko.u.ka.

明天我們去動物園好嗎？

B：やった！賛成、賛成！（さんせい・さんせい）

ya.tta./sa.n.se.i./sa.n.se.i.

耶！贊成贊成！

會話二

A：この意見に賛成できないね。（いけん・さんせい）

ko.no.i.ke.n.ni./sa.n.se.i.de.ki.na.i.ne.

我無法贊成這個意見。

B：どうして？

do.u.shi.te.

為什麼？

とにかく。

to.ni.ka.ku.

總之。

説　明

在遇到困難或是複雜的狀況時，要先做出適當的處置時，就會用「とにかく」。另外在表達事物程度時，也會用到這個字，像是「とにかく寒い」，就是表達出「不知怎麼形容，總之就是很冷」的意思。

會　話

A：田中さんは用事があって今日は来られないそうだ。

ta.na.ka.sa.n.wa./yo.u.ji.ga.a.tte./kyo.u.wa.ko.ra.re.na.i.so.u.da.

田中先生今天好像因為有事不能來了。

B：とにかく昼まで待ってみよう。

to.ni.ka.ku./hi.ru.ma.de.ma.tte.mi.yo.u.

總之我們先等到中午吧。

應用句子

✽ とにかく暑い！

to.ni.ka.ku.a.tsu.i.

總之就是很熱啊！

✽ とにかく会議は来週まで延期だ。

to.ni.ka.ku./ka.i.gi.wa./ra.i.shu.u.ma.de.e.n.ki.da.

總之會議先延期到下週。

053

いつも。

i.tsu.mo.

一直。

說明

當一個現象持續的出現，或是經常是這個狀況時，就用「いつも」來表示。

會話

A：彼女(かのじょ)はいつもニコニコしていて、子供(こども)にとても優(やさ)しいです。

ka.no.jo.wa./i.tsu.mo./ni.ko.ni.ko.shi.te.i.te./ko.do.mo.ni.to.te.mo.ya.sa.shi.i.de.su.

她一直都是帶微笑，對小朋友也很溫柔。

B：本当(ほんとう)にいい人(ひと)ですね。

ho.n.to.u.ni.i.i.hi.to.de.su.ne.

真是一個好人呢！

應用句子

✿いつもそう言(い)っていた。

i.tsu.mo.so.u.i.tte.i.ta.

一向都是這麼說。

✿いつものところで待(ま)ってください。

i.tsu.mo.no.to.ko.ro.de./ma.tte.ku.da.sa.i.

在老地方等我。

なんか。

na.n.ka.

之類的。

說明

講話時，想要說的東西範圍和種類非常多，而只提出其中的一種來表示，就用「なんか」來表示，也就是「這一類的」的意思。

會話

A：最近(さいきん)はゴルフにも少(すこ)し飽(あ)きましたね。

sa.i.ki.n.wa./go.ru.fu.ni.mo./su.ko.shi.a.ki.ma.shi.ta.ne.

最近對打高爾夫球有點厭煩了。

B：じゃあ、次(つぎ)はガーデニングなんかどうですか？

ja.a./tsu.gi.wa./ga.a.de.ni.n.gu.na.n.ka./do.u.de.su.ka.

那，下次我們來從事園藝之類的，如何？

應用句子

✱ どうせわたしなんか何(なに)もできない。

do.u.se.wa.ta.shi.na.n.ka./na.ni.mo.de.ki.na.i.

反正像我這樣就是什麼都辦不到。

✱ お金(かね)なんか持(も)っていない。

o.ka.ne.na.n.ka./mo.tte.i.na.i.

我沒有什麼錢。

MP3 055

いいと思(おも)う。

i.i.to.o.mo.u.

我覺得可以。

説明

在表達自己的意見和想法時，日本人常會用「と思う」這個關鍵字，代表這是個人的想法，以避免給人太過武斷的感覺。而在前面加上了「いい」就是「我覺得很好」的意思，在平常使用時，可以把「いい」換上其他的詞或句子。

會話

A：もう一度(いちど)書(か)き直(なお)せ。
mo.u.i.chi.do.ka.ki.na.o.se.
重新寫一次。

B：いや、このままでいいと思(おも)う。
i.ya./ko.no.ma.ma.de.i.i.to.o.mo.u.
不，我覺得這樣就可以了。

應用句子

* かわいいと思(おも)う。
ka.wa.i.i.to.o.mo.u.
我覺得很可愛。

* バイトしようと思(おも)う。
ba.i.to.shi.yo.u.to.o.mo.u.
我想要去打工。

MP3 056

そうとは思(おも)わない。

so.u.to.wa./o.mo.wa.na.i.

我不這麼認為。

說　明

在表達自己持有相反的意見時，日本人會用到「とは思わない」這個關鍵句。表示自己並不這麼想。

會　話

A：東京(とうきょう)の人(ひと)は冷(つめ)たいなあ。

to.u.kyo.u.no.hi.to.wa./tsu.me.ta.i.na.a.

東京的人真是冷淡。

B：う～ん。そうとは思(おも)わないけど。

u.n./so.u.to.wa./o.mo.wa.na.i.ke.do.

嗯……，我倒不這麼認為。

應用句子

✽ おかしいとは思(おも)わない？

o.ka.shi.i.to.wa./o.mo.wa.na.i.

你不覺得奇怪嗎？

✽ ノーチャンスとは思(おも)わない。

no.o.cha.n.su.to.wa./o.mo.wa.na.i.

我不認為沒機會。

MP3 057

そろそろ。

so.ro.so.ro.

差不多了。

說　明

當預定做一件事的時間快到了，或者是事情快要完成時，可以用「そろそろ」表示一切都差不多了，可以進行下一步了。

會　話

A：じゃ、そろそろ帰(かえ)りますね。
ja./so.ro.so.ro.ka.e.ri.ma.su.ne.
那麼，差不多該回去了。

B：暗(くら)いから気(き)をつけてください。
ku.ra.i.ka.ra./ki.o.tsu.ke.te.ku.da.sa.i.
天色很暗，請小心。

應用句子

✻ そろそろ行(い)かなくちゃ。
so.ro.so.ro.i.ka.na.ku.cha.
差不多該走了。

✻ そろそろ四十(よんじゅう)です。
so.ro.so.ro.yo.n.ju.u.de.su.
也差不多快四十歲了。

MP3 058

で。

de.

那麼。

說明

「で」是「それで」的省略用法，用來表示「然後呢？」「接下來」的意思，也就是用來承接前面所說的事物，說明接下來的發展。

會話

A：今日の数学は休講だったそうだね。

kyo.u.no.su.u.ga.ku.wa./kyu.u.ko.u.da.tta.so.u.da.ne.

今天數學課好像停課。

B：で、その時間何をしていた？

de./so.no.ji.ka.n./na.ni.o.shi.te.i.ta.

那麼，那個時間做了什麼？

應用句子

✽ 今朝は水道が断水した。で、わたしはシャワーできずに会社に出た。

ke.sa.wa.su.i.do.u.ga./da.n.su.i.shi.ta./de./wa.ta.shi.wa.sha.wa.a.de.ki.zu.ni./ka.i.sha.ni.de.ta.

今天早上停水，所以我沒有洗澡就出門上班了。

✽ で、今どこにいますか？

de./i.ma.do.ko.ni.i.ma.su.ka.

那麼，你現在在哪？

それにしても。

so.re.ni.shi.te.mo.

即使如此。

説　明

談話時，可以用「それにしても」來表示，雖然你說的有理，但我也堅持自己的意見。另外，對於一件事情已經有所預期，或者是依常理已經知道會有什麼樣的狀況，但結果卻比所預期的還要誇張嚴重時，就會用「それにしても」來表示。

會話

A：田中(たなか)さん遅(おそ)いですね。
ta.na.ka.sa.n./o.so.i.de.su.ne.
田中先生真慢啊！

B：道(みち)が込(こ)んでいるんでしょう。
mi.chi.ga.ko.n.de.i.ru.n.de.sho.u.
應該是因為路上車多吧。

A：それにしても、こんなに遅(おく)れるはずがないでしょう？
so.re.ni.shi.te.mo./ko.n.na.ni.o.ku.re.ru./ha.zu.ga.na.i.de.sho.u.
即使如此，也不會這麼晚吧？

應用句子

それにしても寒(さむ)いなあ。
so.re.ni.shi.te.mo.sa.mu.i.na.a.
雖然有心理準備，但也太冷了。

MP3 060

さっそく。

sa.sso.ku.

趕緊。

說　明

這句話有立刻的意思。可以用來表示自己急於進入下一步驟，不想要浪費時間的意思。

會　話

A：早速(さっそく)ですが、本題(ほんだい)に入(はい)らせていただきます。

sa.sso.ku.de.su.ga./ho.n.da.i.ni.ha.i.ra.se.te./i.ta.da.ki.ma.su.

那麼趕緊言歸正傳吧。

B：ええ。

e.e.

好。

應用句子

✿ 早速送(さっそくおく)ります。

sa.sso.ku.o.ku.ri.ma.su.

趕緊送過去。

✿ 早速(さっそく)お返事(へんじ)をいただき、ありがとうございます。

sa.sso.ku.o.he.n.ji.o./i.ta.da.ki./a.ri.ga.to.u./go.za.i.ma.su.

謝謝你這麼快給我回應。

MP3 061

この頃(ころ)。

ko.no.ko.ro.

最近。

說　明

「頃」一詞是用來表達一段時期，「この頃」是「這一段時間」、「最近」，也就是最近的意思。

會　話

A：最近(さいきん)はどうですか？
sa.i.ki.n.wa./do.u.de.su.ka.
最近如何？

B：この頃(ころ)どうも体(からだ)の調子(ちょうし)が悪(わる)くて…。
ko.no.ko.ro./do.u.mo.ka.ra.da.no.cho.u.shi.ga./wa.ru.ku.te.
最近身體實在不太好。

應用句子

✻ ちょうどこの頃(ころ)。
cho.u.do.ko.no.ko.ro.
剛好這個時候。

✻ あの頃(ころ)は何(なに)も分(わ)からなかった。
a.no.ko.no.wa./na.ni.mo.wa.ka.ra.na.ka.tta.
那個時候什麼都不懂。

MP3 062

はい。

ha.i.

好。／是。

說　明

在對長輩說話，或是在較正式的場合裡，用「はい」來表示同意的意思。另外也可以表示「我在這」「我就是」。

會話一

A：あの人（ひと）は桜井（さくらい）さんですか？

a.no.hi.to.wa./sa.ku.ra.i.sa.n.de.su.ka.

那個人是櫻井先生嗎？

B：はい、そうです。

ha.i./so.u.de.su.

嗯，是的。

會話二

A：金曜日（きんようび）までに出（だ）してください。

ki.n.yo.u.bi.ma.de.ni./da.shi.te.ku.da.sa.i.

請在星期五之前交出來。

B：はい、わかりました。

ha.i./wa.ka.ri.ma.shi.ta.

好，我知道了。

MP3 063

いいえ。

i.i.e.

不好。／不是。

說　明

在正式的場合，否認對方所說的話時，用「いいえ」來表達自己的意見。

會話一

A：もう食べましたか？

mo.u.ta.be.ma.shi.ta.ka.

你吃了嗎？

B：いいえ、まだです。

i.i.e./ma.da.de.su.

不，還沒。

會話二

A：英語がお上手ですね。

e.i.go.ga./o.jo.u.zu.de.su.ne.

你的英文說得真好。

B：いいえ、そんなことはありません。

i.i.e./so.n.na.ko.to.wa./a.ri.ma.se.n.

不，你過獎了。

MP3 064

もうすぐ。

mo.u.su.gu.

就快到了。／馬上就要到了。

說　明

「もう」「すぐ」都含有「快到了」「很快」的意思，所以兩個詞合起來，就帶有很快就要到了的意思。

會話一

A：もうすぐ入学試験ですね。

mo.u.su.gu./nyu.u.ga.ku.shi.ke.n.de.su.ne.

馬上就是入學考試了。

B：ええ、そうです。今から緊張しています。

e.e./so.u.de.su./i.ma.ka.ra.ki.n.cho.u.shi.te.i.ma.su.

嗯，是啊。現在就覺得緊張了。

會話二

A：お母さん、まだかなあ？

o.ka.a.sa.n./ma.da.ka.na.a.

媽，還沒有好嗎？

B：もうすぐ終わるから、待っててね。

mo.u.su.gu.o.wa.ru.ka.ra./ma.tte.te.ne.

馬上就好了，再等一下喔！

MP3 065

残念（ざんねん）。

za.n.ne.n.

可惜。

説　明

要表達心中覺得可惜之意時，用這個關鍵字來說明心中婉惜的感覺。

會　話

A：残念（ざんねん）でした、外（はず）れです！

za.n.ne.n.de.shi.ta./ha.zu.re.de.su.

可惜，猜錯了。

B：へえ～！

he.e.

什麼！

應用句子

✽残念（ざんねん）だったね。

za.n.ne.n.da.tta.ne.

真是可惜啊！

✽いい結果（けっか）が出（で）なくて残念（ざんねん）だ。

i.i.ke.kka.ga.de.na.ku.te./za.n.ne.n.da.

可惜沒有好的結果。

✽残念（ざんねん）ながら彼（かれ）に会（あ）う機会（きかい）がなかった。

za.n.ne.n.na.ga.ra./ka.ra.ni.a.u.ki.ka.i.ga./na.ka.tta.

可惜和沒機會和他碰面。

すごい。

su.go.i.

真厲害。

説　明

「すごい」一詞可以用在表示事情的程度很高，也可以用來稱讚人事物。

會　話

A：この指輪(ゆびわ)、自分(じぶん)で作(つく)ったんだ。

ko.no.yu.bi.wa./ji.bu.n.de.tsu.ku.tta.n.da.

這戒指，是我自己做的喔！

B：わあ、すごい！

wa.a./su.go.i.

哇，真厲害。

應用句子

✽ すごい顔(かお)つき。

su.go.i.ka.o.tsu.ki.

表情非常可怕。

✽ すごい雨(あめ)です。

su.go.i.a.me.de.su.

好大的雨。

✽ すごい人気(にんき)。

su.go.i.ni.n.ki.

非常受歡迎。

MP3 067

まさか。

ma.sa.ka.

怎麼可能。／萬一。

説　明

當事情的發展出乎自己的意料時，可以用「まさか」來表示自己的震驚。

會　話

A：木村（きむら）さんが整形（せいけい）したそうだ。

ki.mu.ra.sa.n.ga./se.i.ke.i.shi.ta.so.u.da.

木村小姐好像有整型。

B：まさか。そんなことがあるはずがない。

ma.sa.ka./so.n.na.ko.to.ga./a.ru.ha.zu.ga.na.i.

怎麼可能。不可能有這種事。

應用句子

- まさか彼（かれ）が犯人（はんにん）だったなんて、信（しん）じられない。
  ma.sa.ka.ka.re.ga./ha.n.ni.n.da.tta.na.n.te./shi.n.ji.ra.re.na.i.
  沒想到他竟然是犯人，真不敢相信。
- まさかの時（とき）にはすぐに知（し）らせてくれ。
  ma.sa.ka.no.to.ki.ni.wa./su.gu.ni.shi.ra.se.te.ku.re.
  萬一有什麼事的話，請立刻通知我。

不思議だ。

fu.shi.gi.da.

不可思議。

説明

這句話和中文中的「不可思議」，不但文字相似，意思也差不多。通常是事情的發生讓人覺得很難以想像時使用。

會話

A：あのアニメって何で人気があるんだろう？

a.no.a.ni.me.tte./na.n.de.ni.n.ki.ga.a.ru.n.da.ro.u.

那部動畫到底為什麼這麼受歡迎呢？

B：不思議だよね。

fu.shi.gi.da.yo.ne.

很不可思議吧！

應用句子

✽ 世にも不思議な物語。

yo.ni.mo.fu.shi.gi.na.mo.no.ga.ta.ri.

世界奇妙故事。

✽ 彼が最後に裏切っても別に不思議はない。

ka.re.ga./sa.i.go.ni.u.ra.gi.tte.mo./be.tsu.ni.fu.shi.gi.wa.na.i.

就算他最後背叛大家，也沒有什麼好意外的。

MP3 069

そうだ。

so.u.da.

對了。／就是說啊。

說　明

突然想起某事時，可以用「そうだ」來表示自己忽然想起了什麼。另外，當自己同意對方所說的話時，也可以用這句話來表示贊同。

會　話

A：あ、そうだ。プリンを買うのを忘れちゃった。

a.so.u.da./pu.ri.n.o.ka.u.no.o./wa.su.re.cha.tta.

啊，對了。我忘了買布丁了。

B：じゃあ、買ってきてあげるわ。

ja.a./ka.tte.ki.te.a.ge.ru.wa.

那，我去幫你買吧。

應用句子

✻ そうだよ。

so.u.da.yo.

就是說啊。

✻ そうだ、山へ行こう。

so.u.da./ya.ma.e.i.ko.u.

對了，到山上去吧！

MP3 070

そんなこととない。

so.n.na.ko.to.na.i.

沒這回事。

說明

「ない」有否定的意思。「そんなことない」就是「沒有這種事」的意思。在得到對方稱讚時，用來表示對方過獎了。或是否定對方的想法時，可以使用。

會話一

A：今日も綺麗ですね。

kyo.u.mo.ki.re.i.de.su.ne.

今天也很漂亮呢！

B：いいえ、そんなことないですよ。

i.i.e./so.n.na.ko.to.na.i.de.su.yo.

不，沒這回事啦。

會話二

A：本当はわたしのこと、嫌いなんじゃない？

ho.n.to.u.wa./wa.ta.shi.no.ko.to./ki.ra.i.na.n.ja.na.i.

你其實很討厭我吧？

B：いや、そんなことないよ！

i.ya./so.n.na.ko.to.na.i.yo.

不，沒有這回事啦！

MP3 071

こちらこそ。

ko.chi.ra.ko.so.

彼此彼此。

說　明

當對方道謝或道歉時，可以用這句話來表現謙遜的態度，表示自己也深受對方照顧，請對方不用太在意。

會話一

A：今日はよろしくお願いします。

kyo.u.wa./yo.ro.shi.ku./o.ne.ga.i.shi.ma.su.

今天也請多多指教。

B：こちらこそ、よろしく。

ko.chi.ra.ko.so./yo.ro.shi.ku.

彼此彼此，請多指教。

會話二

A：わざわざ来てくれて、ありがとうございます。

wa.za.wa.za.ki.te.ku.re.te./a.ri.ga.to.u./go.za.i.ma.su.

謝謝你特地前來。

B：いいえ、こちらこそ。

i.i.e./ko.chi.ra.ko.so.

不，彼此彼此。

MP3 072

あれっ？

a.re.

咦？

說　明

突然發現什麼事情，心中覺得疑惑的時候，會用這句話來表示驚訝。

會　話

A：あれっ、雨(あめ)が降(ふ)ってきた。

a.re./a.me.ga.fu.tte.ki.ta.

咦？下雨了。

B：本当(ほんとう)だ。

ho.n.to.u.da.

真的耶。

應用句子

✱ あれっ？一個(いっこ)足(た)りない。

a.re./i.kko.ta.ri.na.i.

咦？少了一個。

✱ あれっ？あの人(ひと)は変(か)わったなあ。

a.re./a.no.hi.to.wa./ka.wa.tta.na.a.

咦？那個人好奇怪喔！

✱ あれっ？ここはどこですか？

a.re./ko.ko.wa.do.ko.de.su.ka.

咦？這裡是哪裡？

MP3 073

さあ。

sa.a.

天曉得。／我也不知道。

說明

當對方提出疑問，但自己也不知道答案是什麼的時候，可以一邊歪著頭，一邊說「さあ」，來表示自己也不懂。

會話

A：山田さんはどこへ行きましたか？

ya.ma.da.sa.n.wa./do.ko.e.i.ki.ma.shi.ta.ka.

山田小姐去哪裡了？

B：さあ。

sa.a.

我也不知道。

應用句子

✽ さあ、知らない。

sa.a./shi.ra.na.i.

天曉得。

✽ さあ、そうかもしれない。

sa.a./so.u.ka.mo.shi.re.na.i.

不知道，也許是這樣吧。

✽ さあ、無理かもな。

sa.a./mu.ri.ka.mo.na.

不知道，應該不行吧。

074

どっちでもいい。

do.cchi.de.mo.i.i.

都可以。／隨便。

說　明

這句話可以表示出自己覺得哪一個都可以。若是覺得很不耐煩時，也會使用這句話來表示「隨便怎樣都好，我才不在乎。」的意思，所以使用時，要記得注意語氣和表情。

會　話

A：ケーキとアイス、どっちを食べる？
ke.e.ki.to.a.i.su./do.cchi.o.ta.be.ru.
蛋糕和冰淇淋，你要吃哪一個？

B：どっちでもいい。
do.cchi.de.mo.i.i.
都可以。

應用句子

✽ どちらでもいいです。
do.chi.ra.de.mo.i.i.de.su.
哪個都行。

✽ どっちでもいいです。
ko.cchi.de.mo.i.i.de.su.
哪個都好。

✽ どっちでもいいよ。
do.cchi.de.mo.i.i.yo.
隨便啦！

MP3 075

さすが。

sa.su.ga.

真不愧是。

說　明

當自己覺得對人、事、物感到佩服時，可以用來這句話來表示對方真是名不虛傳。

會　話

A：篠原さん、このプレイヤーの使い方を教えてくれませんか？

shi.no.ha.ra.sa.n./ko.no.pu.re.i.ya.a.no./tsu.ka.i.ka.ta.o./o.shi.e.te.ku.re.ma.se.n.ka.

篠原先生，可以請你教我怎麼用這臺播放器嗎？

B：ああ、これは簡単です。このボタンを押すと、再生が始まります。

a.a./ko.re.wa.ka.n.ta.n.de.su./ko.no.bo.ta.n.o./o.su.to./sa.i.se.i.ga.ha.ji.ma.ri.ma.su.

啊，這個很簡單。先按下這個按鈕，就會開始播放了。

A：さすがですね。

sa.su.ga.de.su.ne.

真不愧是高手。

應用句子

❀ さすがプロです。

sa.su.ga.pu.ro.de.su.

果然很專業。

076

へえ。

he.e.

哇！／喔？

說　明

日本人在說話的時候，會很注意對方的反應，所以在聽人敘述事情的時候，要常常做出適當的反應。這裡的「へえ」就是用在自己聽了對方的話，覺得驚訝的時候。但是要記得提高音調講，若是語調平淡，會讓對方覺得你是敷衍了事。

會　話

A：これ、チーズケーキ。自分(じぶん)で作(つく)ったんだ。
ko.re./chi.i.zu.ke.e.ki./ji.bu.n.de.tsu.ku.tta.n.da.
這個是我自己做的起士蛋糕。

B：へえ、すごい。
he.e./su.go.i.
哇，真厲害。

應用句子

✽へえ、うまいですね。
he.e./u.ma.i.de.su.ne.
哇，真厲害耶。

✽へえ。そうなんだ。
he.e./so.u.na.n.da.
咦，原來是這樣啊。

✽へえ、それは初耳(はつみみ)だ。
he.e./so.re.wa./ha.tsu.mi.mi.da.
喔？這還是頭一次聽說。

MP3 077

なるほど。

na.ru.ho.do.

原來如此。

說 明

當自己對一件事情感到恍然大悟的時候，就可以用這一句話來說明自己如夢初醒，有所理解。

會話一

A：ごめん、電車が三時間も遅れたんだ。

go.me.n./de.n.sha.ga./sa.n.ji.ka.n.mo./o.ku.re.ta.n.da.

對不起，火車誤點了三個小時

B：なるほど。

na.ru.ho.do.

原來是這樣。

會話二

A：すごい日焼けですね。

su.go.i.hi.ya.ke.de.su.ne.

你晒傷得好嚴重。

B：先週海へ行ったんです。

se.n.shu.u./u.mi.e.i.tta.n.de.su.

因為上星期去了海邊。

A：なるほど。

na.ru.ho.do.

原來如此。

もちろん。

mo.chi.ro.n.

當然。

說　明

當自己覺得事情理所當然，對於事實已有十足把握時，就可以用「もちろん」來表示很有胸有成竹、理直氣壯的感覺。

會話一

A：二次会に行きますか？

ni.ji.ka.i.ni.i.ki.ma.su.ka.

要不要去下一攤？

B：もちろん！

mo.chi.ro.n.

當然要！

會話二

A：スキマスイッチの新曲、もちろんもう聴いたよね？

su.ki.ma.su.i.cchi.no.shi.n.kyo.ku./mo.chi.ro.n.mo.u.ki.i.ta.yo.ne.

無限開關的新歌，你應該已經聽過了吧？

B：えっ、出てたんですか？

e./de.te.ta.n.de.su.ka.

咦？已經出了嗎？

 079

ちょっと。

cho.tto.

有一點。

說　明

「ちょっと」是用來表示程度輕微，但是延伸出來的意思，則是「今天有一點事」，也就是想拒絕對方的邀約或請求。

會　話

A：今日一緒に映画を見に行きませんか？
kyo.u./i.ssho.ni.e.i.ga.o./mi.ni.i.ki.ma.se.n.ka.
今天要不要一起去看電影？

B：すみません、今日はちょっと…。
su.mi.ma.se.n./kyo.u.wa.cho.tto.
對不起，今天有點不方便。

應用句子

✽ それはちょっと…。
so.re.wa.cho.tto.
這有點……。

✽ ごめん、ちょっと…。
go.me.n./cho.tto.
對不起，有點不方便。

✽ ちょっと分からない。
cho.tto.wa.ka.ra.na.i.
有點不清楚。

ところで。

to.ko.ro.de.

對了。

說　明

和對方談論的話題到一個段論時，心中想要另外再討論別的事情時，就可以用「ところで」來轉移話題。

會　話

A：こちらは会議(かいぎ)の資料(しりょう)です。

ko.chi.ra.wa./ka.i.gi.no.shi.ryo.u.de.su.

這是會議的資料。

B：はい、分(わ)かりました。ところで、山田会社(やまだがいしゃ)の件(けん)、もうできましたか？

ha.i./wa.ka.ri.ma.shi.ta./to.ko.ro.de./ya.ma.da.ga.i.sha.no.ke.n./mo.u.de.ki.ma.shi.ta.ka.

好的。對了，山田公司的案子完成了嗎？

應用句子

✽ ところで、彼女(かのじょ)は最近元気(さいきんげんき)ですか？

to.ko.ro.de./ka.no.jo.wa./sa.i.ki.n.ge.n.ki.de.su.ka.

對了，最近她還好嗎？

✽ ところで、鈴木君(すずきくん)に相談(そうだん)がある。

to.ko.ro.de./su.zu.ki.ku.n.ni./so.u.da.n.ga.a.ru.

對了，我有事想和鈴木你談談。

MP3 081

今度（こんど）。

ko.n.do.

這次。／下次。

說明

「今度」在日文中有「這次」和「下次」兩種意思。要記得依據對話的內容，來判斷出對方所說的到底是這一次還是下一次喔！

會話一

A：今度（こんど）は由紀（ゆき）くんの番（ばん）だ。

ko.n.do.wa./yu.ki.ku.n.no.ba.n.da.

這次輪到由紀了。

B：はい。

ha.i.

好。

會話二

A：今度（こんど）の日曜日（にちようび）は何日（なんにち）ですか？

ko.n.do.no./ni.chi.yo.u.bi.wa./na.n.ni.chi.de.su.ka.

下個星期天是幾號？

B：二十日（はつか）です。

ha.tsu.ka.de.su.

二十號。

MP3 082

ええ。

e.e.

嗯！／啊？／什麼！

說明

當對方所說的話，自己一時反應不過來，或是感到措手不及的時候，就可以用這句話來表示自己的驚慌。也可以用來表示肯定的意思。

會話

A：これからテストをします。
ko.re.ka.re./te.su.to.o.shi.ma.su.
現在開始測驗。

B：ええ～！
e.e.
什麼！

應用句子

✽ ええ、いいですよ。
e.e./i.i.de.su.yo.
嗯，可以啊。

✽ ええ、ちょっと名前(なまえ)が思(おも)い出(だ)せないな。
e.e./cho.tto.na.ma.e.ga./o.mo.i.da.se.na.i.
嗯……名字有點想不起來。

MP3 083

それから。

so.re.ka.ra.

然後。

說明

當事情的發生有先後順序，或是想講的東西有很多時，用來表示順序。而向對方詢問下一步該怎麼做，或是後來發生了什麼事時，也可以用這句話。

會話

A：昨日、すりに遭った。

ki.no.u./su.ri.ni.a.tta.

我昨天遇到扒手了。

B：えっ！大変だね。それから？

e./ta.i.he.n.da.ne./so.re.ka.ra.

什麼！真是糟糕。然後呢？

應用句子

✽ 買いたいものは食べ物、服、それから化粧品です。

ka.i.ta.i.mo.no.wa./ta.be.mo.o./fu.ku./so.re.ka.ra/ke.sho.u.hi.n.de.su.

想買的東西有食物、衣服，然後還有化妝品。

✽ まずひと休みしてそれから仕事にかかろう。

ma.zu.hi.to.ya.su.mi.shi.te./so.re.ka.ra./shi.go.to.ni.ka.ka.ro.u.

先休息一下，然後再開始工作。

やはり。

ya.ha.ri.

果然。

說　明

當事情的發生果然如同自己事先的預料時，就可以用「やはり」來表示自己的判斷是正確的。想要加強語氣時，也可以說成「やっぱり」。

會　話

A：ワインもよいですが、やはり和食(わしょく)と日本酒(にほんしゅ)の相性(あいしょう)は抜群(ばつぐん)ですよ。

wa.i.n.mo.yo.i.de.su.ga./ya.ha.ri./wa.sho.ku.to.ni.ho.n.shu.no./a.i.sho.u.wa./ba.tsu.gu.n.de.su.yo.

配紅酒也不錯，但是日本料理果然還是要配上日本酒才更適合。

B：そうですね。

so.u.de.su.ne.

就是說啊。

應用句子

- 今(いま)でもやはり彼女(かのじょ)のことが好(す)きだ。
  i.ma.de.mo./ya.ha.ri./ka.no.jo.no.ko.to.ga./su.ki.da.
  即使到現在都還是喜歡她。

- 聞(き)いてみたがやはり分(わ)からない。
  ki.i.te.mi.ta.ga./ya.ha.ri.wa.ka.ra.na.i.
  既使是問了，果然還是不懂。

MP3 085

絶対。

ze.tta.i.

一定。

說　明

「絶対」在日文中是「一定」的意思。在做出承諾，表示自己保證會這麼做的時候，就可以用「絶対」來表現決心。

會話一

A：ごめん、今日は行けなくなちゃった。来週は絶対行くね。

go.me.n./kyo.u.wa./i.ke.na.ku.na.cha.tta./ra.i.shu.u.wa.ze.tta.i.i.ku.ne.

對不起，今天不能去了。下星期一定會過去。

B：絶対に来てよ。

ze.tta.i.ni.ki.te.yo.

一定要來喔！

會話二

A：彼と一緒に行けばいいじゃない？

ka.re.to.i.ssho.ni.i.ke.ba./i.i.ja.na.i.

和他一起去不就好了？

B：無理。絶対いやだよ。

mu.ri./ze.tta.i.i.ya.da.yo.

不可能。我絕對不要。

分かった。

wa.ka.tta.

我知道了。

說明

對於別人說的事情自己已經明白了，或是了解對方的要求是什麼的時候，可以用這句話，表示已經知道了。

會話

A：早く行きなさい！

ha.ya.ku.i.ki.na.sa.i.

快點出門！

B：分かったよ！

wa.ka.tta.yo.

我知道了啦！

應用句子

✽もう、分かったよ。

mo.u./wa.ka.tta.yo.

夠了，我知道了啦！

✽はい、分かりました。

ha.i./wa.ka.ri.ma.shi.ta.

好的，我知道了。

✽うん、分かった。

u.n./wa.ka.tta.

嗯，知道了。

MP3 087

わたしのせいだ。

wa.ta.shi.no.se.i.da.

是我的錯。

說明

在日文中「せい」是錯誤的意思，「わたしのせいだ」意思就是「這都是我的錯」，而將句中的「わたし」換成其他的名詞，就是把事情失敗的結果歸咎到所說的名詞上面。

會話

A：せっかくのプレゼン、台無（だいな）しにしてしまった。
se.kka.ku.no.pu.re.ze.n./da.i.na.shi.ni.shi.te./shi.ma.tta.
這麼重要的簡報，竟然搞砸了。

B：ごめん、全（すべ）てはわたしのせいだ。
go.me.n./su.be.te.wa./wa.ta.shi.no.se.i.da.
對不起，全都是我的錯。

應用句子

✻事故（じこ）のせいで約束（やくそく）の時間（じかん）に遅（おく）れた。
ji.ko.no.se.i.de./ya.ku.so.ku.no.ji.ka.n.ni./o.ku.re.ta.
因為遇上了事故，所以無法在約定的時間趕到。

✻いったい誰（だれ）のせいだと思（おも）ってるんだ？
i.tta.i./da.re.no.se.i.da.to./o.mo.tte.ru.n.da.
你覺得這到底是誰的錯？

Chapter 3

發問徵詢篇

本当？

ho.n.to.u.

真的嗎？

說　明

聽完對方的說法之後，要確認對方所說的是不是真的，或者是覺得對方所說的話不大可信時，可以用這句話來表示心中的疑問。

會　話

A：昨日、街で芸能人を見かけたんだ。

ki.no.u./ma.chi.de.ge.i.no.u.ji.n.o./mi.ka.ke.ta.n.da.

我昨天在路上看到明星耶！

B：えっ、本当？

e./ho.n.to.u.

真的嗎？

應用句子

✽ 本当ですか？

ho.n.to.u.de.su.ka.

真的嗎？

✽ 本当に面白かった。

ho.n.to.u.ni./o.mo.shi.ro.ka.tta.

真的很好玩。

✽ 本当？嘘？

ho.n.to.u./u.so.

真的還是假的？

089

うそでしょう？

u.so.de.sho.u.

你是騙人的吧？

說　明

對於另一方的說法或作法抱持著高度懷疑，感到不可置信的時候，可以用這句話來表示自己的驚訝，以再次確認對方的想法。

會　話

A：ダイヤリングをなくしちゃった。

da.i.ya.ri.n.gu.o./na.ku.shi.cha.tta.

我把鑽戒弄丟了。

B：うそでしょう？

u.so.de.sho.u.

你是騙人的吧？

應用句子

✿ うそ！

u.so.

騙人！

✿ うそだろう？

u.so.da.ro.u.

這是謊話吧？

✿ そんなのうそに決(き)まってんじゃん！

so.n.na.no.u.so.ni./ki.ma.tte.n.ja.n.

一聽就知道那是謊話。

そう？

u.so.

是嗎？／這樣啊。

說　明

和熟人聊天時，聽過對方所敘述的事實後，表示自己聽到了、了解了。若是將音調提高，則是用於詢問對方所說的話是否屬實。

會　話

A：橋本さんは二次会に来ないそうだ。

ha.shi.mo.to.sa.n.wa./ni.ji.ka.i.ni./ko.na.i.so.u.da.

橋本先生好像不來續攤了。

B：そう？それは残念。

so./so.re.wa.za.n.ne.n.

是嗎？那真可惜。

應用句子

✽ そうですか？

u.so.de.su.ka.

這樣嗎？

✽ そっか。

so.kka.

這樣啊。

✽ そうかなあ。

so.u.ka.na.a.

真是這樣嗎？

MP3 091

何（なに）？

na.ni.

什麼？

説明

聽到熟人叫自己的名字時，可以用這句話來問對方有什麼事。另外可以用在詢問所看到的人、事、物是什麼。

會話

A：何（なに）をしてるんですか？
na.ni.o./shi.te.ru.n.de.su.ka.
你在做什麼？

B：空（そら）を見（み）てるんです。
so.ra.o./mi.te.ru.n.de.su.
我在看天空。

應用句子

✽えっ？何（なに）？
e./na.ni.
嗯？什麼？

✽これは何（なに）？
ko.re.wa./na.ni.
這是什麼？

✽何（なに）が食（た）べたいですか？
na.ni.ga./ta.be.ta.i.de.su.ka.
你想吃什麼？

MP3 092

どう？

do.u.

怎麼樣？

説　明

這句話有「如何的」「用什麼方式」之意，像是一件事怎麼做、路怎麼走之類的。例如當和朋友見面時，問「最近どうですか」就是問對方最近過得怎麼樣的意思。

會　話

A：最近（さいきん）どうですか？
sa.i.ki.n.do.u.de.su.ka.
最近過得怎麼樣？

B：相変（あいか）わらずです。
a.i.ka.wa.ra.zu.de.su.
還是老樣子。

應用句子

✽ どうする？
do.u.su.ru.
該怎麼辦？

✽ どうだろう。
do.u.da.ro.u.
真是這樣嗎？／會怎麼樣？

✽ 一杯（いっぱい）どうですか？
i.ppa.i.do.u.de.su.ka.
喝一杯如何？

MP3 093

ありませんか？

a.ri.ma.se.n.ka.

沒有嗎？／有沒有？

說　明

問對方是否有某樣東西時，用的關鍵字就是「ありませんか」。前面只要再加上你想問的物品的名稱，就可以順利詢問對方是否有該樣物品了。

會　話

A：ほかの色（いろ）はありませんか？
ho.ka.no.i.ro.wa./a.ri.ma.se.n.ka.
沒有其他顏色嗎？

B：ブルーとグレーがございます。
bu.ru.u.to.gu.re.e.ga./go.za.i.ma.su.
有藍色和灰色。

應用句子

✽ 何（なに）か面白（おもしろ）い本（ほん）はありませんか？
na.ni.ka./o.mo.shi.ro.i.ho.n.wa./a.ri.ma.se.n.ka.
有沒有什麼好看的書？

✽ 何（なに）か質問（しつもん）はありませんか？
na.ni.ka./shi.tsu.mo.n.wa./a.ri.ma.se.n.ka.
有沒有問題？

MP3 094

いつ？

i.tsu.

什麼時候？

說　明

想要向對方確認時間、日期的時候，用這個關鍵字就可以順利溝通了。

會話一

A：結婚記念日はいつ？

ke.kko.n.ki.ne.n.bi.wa./i.tsu.

你的結婚紀念日是哪一天？

B：さあ、覚えていない。

sa.a./o.bo.e.te./i.na.i.

不知道，我也不記得了。

會話二

A：いつ台湾に来ましたか？

i.tsu.ta.i.wa.n.ni./ki.ma.shi.ta.ka.

你是什麼時候來台灣的？

B：三ヶ月前です。

sa.n.ka.ge.tsu.ma.e.de.su.

三個月前來的。

いくら？

i.ku.ra.

多少錢？／幾個？

説　明

購物或聊天時，想要詢問物品的價格，用這個關鍵字，可以讓對方了解自己想問的是多少錢。

會　話

A：これ、いくらですか？
ko.re./i.ku.ra.de.su.ka.
這個多少錢？

B：1300円（せんさんびゃくえん）です。
se.n.sa.n.ppya.ku.e.n.de.su.
1300日圓。

A：じゃ、これください。
ja./ko.re.ku.da.sa.i.
那麼，請給我這個。

應用句子

✻いくらですか？
i.ku.ra.de.su.ka.
請問多少錢？

✻この花（はな）はいくらで買（か）いましたか？
ko.no.ha.na.wa./i.ku.ra.de./ka.i.ma.shi.ta.a.
這花你用多少錢買的？

どちら？

do.chi.ra.

哪裡？

說　明

「どちら」是比「どこ」禮貌的說法。在詢問「哪裡」的時候使用，也可以用來表示「哪一邊」。另外在電話中也可以用「どちら様でしょうか」來詢問對方的大名。

會　話

A：伊藤(いとう)さん、おはようございます。

i.to.u.sa.n./o.ha.yo.u.go.za.i.ma.su.

伊藤先生，早安。

B：おはようございます。今日(きょう)はどちらへ？

o.ha.yo.u.go.za.i.ma.su./kyo.u.wa./do.chi.ra.e.

早安，今天要去哪裡呢？

應用句子

✽駅(えき)はどちらですか？

e.ki.wa./do.chi.ra.de.su.ka.

車站在哪裡呢？

✽どちらとも決(き)まらない。

do.chi.ra.to.mo./ki.ma.ra.na.

什麼都還沒決定。

✽どちら様(さま)でしょうか？

do.chi.ra.sa.ma.de.sho.u.ka.

請問您是哪位？

 097

どんな？

do.n.na.

什麼樣的？

說明

這個關鍵字有「怎麼樣的」「什麼樣的」之意，比如在詢問這是什麼樣的商品、這是怎麼樣的內容時，都可以使用。

會話

A：どんな音楽(おんがく)が好(す)きなの？

do.n.na.o.n.ga.ku.ga./su.ki.na.no.

你喜歡什麼類型的音樂呢？

B：ジャズが好(す)き。

ja.zu.ga.su.ki.

我喜歡爵士樂。

應用句子

彼(かれ)はどんな人(ひと)ですか？

ka.re.wa./do.n.na.hi.to.de.su.ka.

他是個怎麼樣的人？

どんな部屋(へや)をご希望(きぼう)ですか？

do.n.na.he.ya.o./go.ki.bo.u.de.su.ka.

你想要什麼樣的房間呢？

どこ？

do.ko.

哪裡？

說明

要詢問人、事、物的位置在哪裡時，可以用這個關鍵字來表示疑問。尤其是在問路的時候，說出自己想去的地方，再加上這句關鍵字，就可以成功發問了。

會話

A：あっ！小栗旬（おぐりしゅん）だ！

a./o.gu.ri.shu.n.da.

啊！小栗旬！

B：えっ？どこどこ？

e./do.ko./do.ko.

啊？在哪裡？

應用句子

ここはどこですか？

ko.ko.wa./do.ko.de.su.ka.

這裡是哪裡？

どこへ行（い）ってきたの？

do.ko.e./i.tte.ki.ta.no.

你剛剛去哪裡？

どこが！

do.ko.ga.

哪有！／哪裡！

MP3 099

どういうこと？

do.u.i.u.ko.to.

怎麼回事？

說　明

當對方敘述了一件事，讓人搞不清楚是什麼意思，或者是想要知道詳情如何的時候，可以用「どういうこと」來表示疑惑，對方聽了之後就會再詳加解釋。但要注意語氣，若語氣顯出不耐煩或怒氣，反而會讓對方覺得是在挑釁。

會話一

A：彼（かれ）と別（わか）れた。

ka.re.to./wa.ka.re.ta.

我和他分手了。

B：えっ？どういうこと？

e./do.u.i.u.ko.to.

啊？怎麼回事？

會話二

A：また転勤（てんきん）することになった。

ma.ta./te.n.ki.n.su.ru.ko.to.ni./na.tta.

我又被調職了。

B：えっ、一体（いったい）どういうこと？

e./i.tta.i.do.u.i.u.ko.to.

啊？到底是怎麼回事？

どうして？

do.u.shi.te.

為什麼？

說　明

想要知道事情發生的原因，或者是對方為什麼要這麼做時，就用這個關鍵字來表示自己不明白，請對方再加以說明。

會　話

A：昨日(きのう)はどうして休(やす)んだのか？

ki.no.u.wa./do.u.shi.te./ya.su.n.da.no.ka.

昨天為什麼沒有來上班呢？

B：すみません。急(きゅう)に用事(ようじ)ができて実家(じっか)に帰(かえ)ったんです。

su.mi.ma.se.n./kyu.u.ni.yo.u.ji.ga./de.ki.te./ji.kka.ni.ka.e.tta.n.de.su.

對不起，因為突然有點急事所以我回老家去了。

應用句子

✽ どうして泣(な)くのだ？

do.u.shi.te./na.ku.no.da.

為什麼哭了呢？

✽ この機械(きかい)をどうして動(うご)かすか教(おし)えてください。

ko.no.ki.ka.i.o./do.u.shi.te.u.go.ka.su.ka./o.shi.e.te./ku.da.sa.i.

請告訴我這臺機器怎麼運轉。

MP3 101

マジで？

ma.ji.de.

真的嗎？／真是。

說明

這句話和「本当」的用法相同，但相較起來「マジで」是比較沒禮貌的用法，適合在和很熟稔的朋友對話時使用，多半是年輕的男性會用這句話。

會話

A：それはマジで正(ただ)しいのか？

so.re.wa./ma.ji.de.ta.da.shi.i.no.ka.

那真的是正確的嗎？

B：うん、正(ただ)しいよ。

u.n./ta.da.shi.i.yo.

嗯，是正確的。

應用句子

✱ マジでうまい店(みせ)。

ma.ji.de.u.ma.i.mi.se.

真的很好吃的餐廳。

✱ マジでうれしいです。

ma.ji.de.u.re.shi.i.de.su.

真的很開心。

何ですか？

na.n.de.su.ka.

是什麼呢？

說明

要問對方有什麼事情，或者是看到了自己不明白的物品、文字時，都可以用這句話來發問。

會話

A：あのう、すみません。
a.no.u./su.mi.ma.se.n.
呃，不好意思。

B：ええ、何ですか？
e.e./na.n.de.su.ka.
有什麼事嗎？

應用句子

✽ 2LDKって何ですか？
2.LDK.tte./na.n.de.su.ka.
什麼叫做2LDK？

✽ これは何ですか？
ko.re.wa./na.n.de.su.ka.
這是什麼？

MP3 103

どういう意味？

do.u.i.u.i.mi.

什麼意思？

説　明

日文中的「意味」就是「意思」，聽過對方的話之後，並不了解對方說這些話是想表達什麼意思時，可以用「どういう意味」加以詢問。

會　話

A：それ以上聞かないほうがいいよ。
so.re.i.jo.u./ki.ka.na.i.ho.u.ga.i.i.yo.
你最好不要再追問下去。

B：えっ、どういう意味？
e./do.u.i.u.i.mi.
咦，什麼意思？

應用句子

✻ 意味が分からない。
i.mi.ga./wa.ka.ra.na.i.
我不懂你的意思。

✻ そんなことをしても意味がない。
so.n.na.ko.to.o./shi.te.mo.i.mi.ga.na.i.
這樣做也沒意義。

どれ？

do.re.

哪一個？

說　明

面對數量很多的人、事、物，但不知道要鎖定的目標是哪一個的時候，就可以使用這個關鍵字。而當選項只有兩個的時候，則是要用「どっち」；大家熟悉的節目「料理東西軍」，日文就叫「どっちの料理ショー」喔！

會　話

A：あ、大好きなお菓子がある。
a./da.i.su.ki.na./o.ka.shi.ga./a.ru.
啊，有我最喜歡吃的零食。

B：えっ？どれ？どれ？教えて。
e./do.re./do.re./o.shi.e.te.
是哪個？快告訴我。

應用句子

✿ この中でどれが気に入った？
ko.no.na.ka.de./do.re.ga./ki.ni.i.tta.
這裡面你喜歡哪個？

✿ あなたの車はどれですか？
a.na.ta.no.ku.ru.ma.wa./do.re.de.su.ka.
你的車是哪一輛？

MP3 105

じゃないか？

ja.na.i.ka.

不是嗎？

説　明

在自己的心中已經有了一個答案，想要徵詢對方的意見，或是表達自己的想法，就在自己的想法後面上「じゃないか」，表示「不是……嗎？」。

會　話

A：あの人は松重さんじゃないか？
a.no.hi.to.wa./ma.tsu.shi.ge.sa.n./ja.na.i.ka.
那個人是松重先生嗎？

B：違うだろ。松重さんはもっと背が低いよ。
chi.ga.u.da.ro./ma.tsu.shi.ge.sa.n.wa./mo.tto.se.ga.hi.ku.i.yo.
不是吧，松重先生比較矮。

應用句子

✽いいじゃないか？
i.i.ja.na.i.ka.
不是很好嗎？

✽必要ないんじゃないか？
hi.tsu.yo.u.na.i.n./ja.na.i.ka.
沒必要吧。

してもいい？

shi.te.mo.i.i.

可以嗎？

説 明

要詢問是不是可以做某件事情的時候，就可以問對方「してもいい」，也就是「可以這樣做嗎？」的意思。「～てもいい」的前面加上動詞，就是「可不可以～」的意思。

會 話

A：試着（しちゃく）してもいいですか？

shi.cha.ku.shi.te.mo./i.i.de.su.ka.

請問可以試穿嗎？

B：はい、どうぞ。

ha.i./do.u.zo.

可以的，請。

應用句子

✽ドアを開（あ）けてもいい？暑（あつ）いから。

do.a.o.a.ke.te.mo.i.i./a.tsu.i.ka.ra.

可以把門打開嗎？好熱喔。

✽ちょっと見（み）てもいい？

cho.tto.mi.te.mo.i.i.

可以讓我看一下嗎？

MP3 107

どうすればいいですか？

do.u.su.re.ba./i.i.de.su.ka.

該怎麼做才好呢？

說　明

當心中抓不定主意，慌了手腳的時候，可以用這句話來向別人求救。「どう」這個字是「怎麼」的意思，希望別人提供建議、方法的時候，也能使用這句話。

會　話

A：住所を変更したいんですが、どうすればいいですか？

ju.u.sho.o./he.n.ko.u.shi.ta.i.n.de.su.ga./do.u.su.re.ba./i.i.de.su.ka.

我想要變更地址，請問該怎麼做呢？

B：ここに住所、氏名を書いて、下にサインしてください。

ko.ko.ni.ju.u.sho./shi.me.i.o./ka.i.te./shi.ta.ni.sa.i.n.shi.te./ku.da.sa.i.

請在這裡寫下你的地址和姓名，然後再簽名。

應用句子

* 英語でどう書けばいいですか？
  e.i.go.de./do.u.ka.ke.ba./i.i.de.su.ka.
  用英文該怎麼寫？

* どうやって行けばいいですか？
  do.u.ya.tte./i.ke.ba./i.i.de.su.ka.
  該怎麼走？

何と言いますか？

na.n.to.i.i.ma.su.ka.

怎麼說呢？

説　明

想要表達事物卻不知道日語該怎麼說的時候，可以用這句話來問對方，這個東西的日文應該怎麼說。另外，想要問東西的名稱時，可以用「これ、なんと言いますか？」來詢問。

會　話

A：パープルは日本語で何と言いますか？
pa.a.pu.ru.wa./ni.ho.n.go.de./na.n.to.i.i.ma.su.ka.
purple的日文怎麼說？

B：むらさきです。
mu.ra.sa.ki.de.su.
是紫色。

應用句子

✽ 英語で何と言いますか？
e.i.go.de./na.n.to.i.i.ma.su.ka.
用英文怎麼說。

✽ 何と言うのか？
na.n.to.i.u.no.ka.
該怎麼說？

何時(なんじ)ですか？

na.n.ji.de.su.ka.

幾點呢？

說明

前面曾經學過，詢問時間、日期的時候，可以用「いつ」。而只想要詢問時間是幾點的時候，也可以使用「何時」，來詢問確切的時間。

會話

A：今何時(いまなんじ)ですか？

i.ma.na.n.ji.de.su.ka.

現在幾點了？

B：八時十分前(はちじじゅっぷんまえ)です。

ha.chi.ji./ju.ppu.n.ma.e.de.su.

七點五十分了。

應用句子

✽ 仕事(しごと)は何時(なんじ)からですか？

shi.go.to.wa./na.n.ji.ka.ra.de.su.ka.

你的工作是幾點開始？

✽ 何時(なんじ)の便(びん)ですか？

na.n.ji.no.bi.n.de.su.ka.

幾點的飛機？

お探(さが)し。

o.sa.ga.shi.

找。／想要。

說明

「探し」是找尋的意思，這個關鍵字是用於詢問對方在找什麼東西的時候。除了具體的東西之外，「找工作」「找目標」也可以用這個關鍵字。

會話

A：何(なに)かお探(さが)しですか？

na.ni.ka./o.sa.ga.shi.te.su.ka.

請問在找什麼呢？

B：妻(つま)にクリスマスに手袋(てぶくろ)でも買(か)ってやろうかと思(おも)うのだが…。

tsu.ma.ni./ku.ri.su.ma.su.ni./te.bu.ku.ro.de.mo./ka.tte.ya.ro.u.ka.to./o.mo.u.no.da.ga.

我想送太太一雙手套當聖誕禮物。

應用句子

✽仕事(しごと)を探(さが)しています。

shi.go.to.o./sa.ga.shi.te.i.ma.su.

正在找工作。

✽どこを探(さが)してもない。

do.ko.o.sa.ga.shi.te.mo.na.i.

到處都找不到。

誰（だれ）？

da.re.

是誰？

説　明

要問談話中所指的人是誰，或是問誰做了這件事等，都可以使用這個關鍵字來發問。

會　話

A：あの人（ひと）は誰（だれ）？

a.no.hi.to.wa.da.re.

那個人是誰？

B：野球部（やきゅうぶ）の佐藤先輩（さとうせんぱい）です。

ya.ku.u.bu.no./sa.to.u.se.n.pa.i.de.su.

棒球隊的佐藤學長。

應用句子

✽ 教室（きょうしつ）には誰（だれ）がいましたか？

kyo.u.shi.tsu.ni.wa./da.re.ga.i.ma.shi.ta.ka.

誰在教室裡？

✽ これは誰（だれ）の傘（かさ）ですか？

ko.re.wa./da.re.no.ka.sa.de.su.ka.

這是誰的傘？

MP3 112

食(た)べたことがありますか？

ta.be.ta.ko.to.ga./a.ri.ma.su.ka.

有吃過嗎？

說　明

動詞加上「ことがありますか」，是表示有沒有做過某件事的經歷。有的話就回答「あります」，沒有的話就說「ありません」。

會　話

A：イタリア料理(りょうり)を食(た)べたことがありますか？

i.ta.ri.a.ryo.u.ri.o./ta.be.ta.ko.to.ga./a.ri.ma.su.ka.

你吃過義大利菜嗎？

B：いいえ、食(た)べたことがありません。

i.i.e./ta.be.ta.ko.to.ga./a.ri.ma.se.n.

沒有，我沒吃過。

應用句子

✽ 見(み)たことがありますか？

mi.ta.ko.to.ga./a.ri.ma.su.ka.

看過嗎？

✽ 行(い)ったことがあります。

i.tta.ko.to.ga./a.ri.ma.su.

去過。

いかがですか？

i.ka.ga.de.su.ka.

如何呢？

説　明

詢問對方是否需要此項東西，或是想問自己的提議如何時，可以用這個關鍵字表達。是屬於比較禮貌的用法，在飛機上常聽到空姐說的「コーヒーいかがですか」，就是這句話的活用。

會　話

A：コーヒーをもう一杯（いっぱい）いかがですか？
ko.o.hi.i.o./mo.u.i.ppa.i./i.ka.ga.de.su.ka.
再來一杯咖啡如何？

B：結構（けっこう）です。
ke.kko.u.de.su.
不用了。

應用句子

✽ご気分（きぶん）はいかがですか？
go.ki.bu.n.wa./i.ka.ga.de.su.ka.
現在覺得怎麼樣？

✽お花（はな）を一（ひと）ついかがですか？
o.ha.na.o./hi.to.tsu./i.ka.ga.de.su.ka.
要不要買朵花？

✽ご機嫌（きげん）いかがですか？
go.ki.ge.n./i.ka.ga.de.su.ka.
心情好嗎？

Chapter
4
開心稱讚篇

やった！

ya.tta.

太棒了！

說　明

當自己終於完成了某件事，或者是事情的發展正如自己所願時，就可以用這個關鍵字表示興奮的心情。而若是遇到了幸運的事，也可以用這個字來表示。另外可拉長音為「やったー」。

會話一

A：ただいま。
ta.da.i.ma.
我回來了。

B：お帰(かえ)り、今日(きょう)のごはんはすき焼(や)きだよ。
o.ka.e.ri./kyo.u.no.go.ha.n.wa./su.ki.ya.ki.da.yo.
歡迎回家。今天晚餐吃壽喜燒喔！

A：やった！
ta.tta.
太棒了！

會話二

A：やった！採用(さいよう)してもらったよ！
ya.tta./sa.i.yo.u.shi.te./mo.ra.tta.yo.
太棒了，我被錄取了。

B：おめでとう！よかったね。
o.me.de.to.u./yo.ka.tta.ne.
恭喜你，真是太好了。

MP3 115

よかった。

yo.ka.tta.

還好。／好險。

説　明

原本預想事情會有不好的結果，或是差點就鑄下大錯，但還好事情是好的結果，就可以用這個關鍵字來表示自己鬆了一口氣，剛才真是好險的意思。

會　話

A：教室に財布を落としたんですが。

kyo.u.shi.tsu.ni./sa.i.fu.o./o.to.shi.ta.n.de.su.ga.

我的皮夾掉在教室裡了。

B：この赤い財布ですか？

ko.no.a.ka.i.sa.i.fu.de.su.ka.

是這個紅色的皮夾嗎？

A：はい、これです。よかった。

ha.i./ko.re.de.su./yo.ka.tta.

對，就是這個。真是太好了。

應用句子

✽間に合ってよかったね。

ma.ni.a.tte.yo.ka.tta.ne.

還好來得及。

✽日本に来てよかった。

ni.ho.n.ni.ki.te.yo.ka.tta.

還好來了日本。

おめでとう。

o.me.de.to.u.

恭喜。

説 明

聽到了對方的好消息，或是在過年等特別的節日時，想要向別人表達祝賀之意的時候，可以用這個關鍵字來表示自己的善意。

會 話

A：甲子園(こうしえん)で優勝(ゆうしょう)した！

ko.u.shi.e.n.de./yu.u.sho.u.shi.ta.

我們得到甲子園冠軍了。

B：凄(すご)い！おめでとう。

su.go.i./o.me.de.to.u.

太厲害了！恭喜！

應用句子

✽ お誕生日(たんじょうび)おめでとう。

o.ta.n.jo.u.bi./o.me.de.to.u.

生日快樂。

✽ 明(あ)けましておめでとうございます。

a.ke.ma.shi.te./o.me.de.to.u./go.za.i.ma.su.

新年快樂。

✽ ご結婚(けっこん)おめでとうございます。

go.ke.kko.n./o.me.de.to.u./go.za.i.ma.su.

新婚快樂。

MP3 117

最高(さいこう)。

sa.i.ko.u.

超級棒。／最好的。

說　明

用來形容在自己的經歷中覺得非常棒、無與倫比的事物。除了有形的物品之外，也可以用來表現經歷、事物、結果等。

會　話

A：ここからのビューは最高(さいこう)だね。

ko.ko.ka.ra.no.byu.u.wa./sa.i.ko.u.da.ne.

從這裡看出去的景色是最棒的。

B：うん。素敵(すてき)だ。

u.n./su.te.ki.da.

真的很棒。

應用句子

✽この映画(えいが)は最高(さいこう)に面白(おもしろ)かった！

ko.no.e.i.ga.wa./sa.i.ko.u.ni./o.mo.shi.ro.ka.tta.

這部電影是我看過最好看、最有趣的。

✽最高(さいこう)の夏休(なつやす)みだ。

sa.i.ko.u.no./na.tsu.ya.su.mi.da.

最棒的暑假。

MP3 118

素晴らしい！

su.ba.ra.shi.i.

真棒！／很好！

說明

想要稱讚對方做得很好，或是遇到很棒的事物時，都可以「素晴らしい」來表示自己的激賞之意。

會話

A：この人の演奏はどう？

ko.no.hi.to.no.e.n.so.u.wa./do.u.

這個人的演奏功力如何？

B：いやあ、素晴らしいの一言だ。

i.ya.a./su.ba.ra.shi.i.no./hi.to.ko.to.da.

只能用「很棒」這個詞來形容。

應用句子

✽ このアイデアはユニークで素晴らしいです。

ko.no.a.i.de.a.wa./yu.ni.i.ku.de./su.ba.ra.shi.i.de.su.

這個想法真獨特，實在是太棒了。

✽ わたしも行けたらなんと素晴らしいだろう。

wa.ta.shi.mo.i.ke.ta.ra./na.n.to.su.ba.ra.shi.i.da.ro.u.

要是我也能去就好了。

当(あ)たった。

a.ta.tta.

中了。

説　明

「当たった」帶有「答對了」「猜中了」的意思，一般用在中了彩券、樂透之外。但有時也會用在得了感冒、被石頭打到等之類比較不幸的事情。

會　話

A：宝(たから)くじが当(あ)たった！

ta.ka.ra.ku.ji.ga./a.ta.tta.

我中樂透了！

B：本当(ほんとう)？いくら当(あ)たったの？

ho.n.to.u./i.ku.ra.a.ta.tta.no.

真的嗎？中了多少錢？

應用句子

✽ 抽選(ちゅうせん)でパソコンが当(あ)たった！

chu.u.se.n.de./pa.so.ko.n.ga./a.ta.tta.

我抽中了電腦。

✽ 飛(と)んできたボールが頭(あたま)に当(あ)たった。

to.n.de.ki.ta./bo.o.ru.ga./a.ta.ma.ni./a.ta.tta.

被飛來的球打到頭。

ラッキー！

ra.kki.i.

真幸運。

説明

用法和英語中的「lucky」的意思一樣。遇到了自己覺得幸運的事情時，就可以使用。

會話

A：ちょうどエレベーターが来(き)た。行(い)こうか。

cho.u.do.e.re.be.e.ta.a.ga.ki.ta./i.ko.u.ka.

剛好電梯來了，走吧！

B：ラッキー！

ra.kki.i.

真幸運！

應用句子

✽ ラッキーな買(か)い物(もの)をした。

ra.kki.i.na.ka.i.mo.no.o./shi.ta.

很幸運買到好東西。

✽ 今日(きょう)のラッキーカラーは緑(みどり)です。

kyo.u.no./ra.kki.i.ka.ra.a.wa./mi.do.ri.de.su.

今天的幸運色是綠色。

ほっとした。

ho.tto.shi.ta.

鬆了一口氣。

說明

對於一件事情曾經耿耿於懷、提心吊膽，但獲得解決後，放下了心中的一塊大石頭，就可以說這句「ほっとした」，表示鬆了一口氣。

會話

A：先生（せんせい）と相談（そうだん）したら、なんかほっとした。
se.n.se.i.to.so.u.da.n.shi.ta.ra./na.n.ka.ho.tto.shi.ta.
和老師談過之後，覺得輕鬆多了。

B：よかったね。
yo.ka.tta.ne.
那真是太好了。

應用句子

✿ ほっとする場所（ばしょ）がほしい！
ho.tto.su.ru.ba.sho.ga./ho.shi.i.
想有可以喘口氣的地方。

✿ 里香（りか）ちゃんの笑顔（えがお）に出会（であ）うとほっとします。
ri.ka.cha.n.no./e.ga.o.ni.de.a.u.to./ho.tto.shi.ma.su.
看到里香你的笑容就覺得鬆了一口氣。

楽しかった。

ta.no.shi.ka.tta.

真開心。

説 明

「楽しかった」是「楽しい」的過去式，也就是經歷了一件很歡樂的事或過了很愉快的一天後，會用這個關鍵字來向對方表示自己覺得很開心。

會 話

A：今日は楽しかった。
kyo.u.wa./ta.no.shi.ka.tta.
今天真是開心。

B：うん、また一緒に遊ぼうね。
u.n./ma.ta.i.ssho.ni./a.so.bo.u.ne.
是啊，下次再一起玩吧！

應用句子

✽とても楽しかったです。
to.te.mo.ta.no.shi.ka.tta.de.su.
覺得十分開心。

✽今日も一日楽しかった。
kyo.u.mo./i.chi.ni.chi./ta.no.shi.ka.tta.
今天也很開心。

あった。

a.tta.

有了！

說明

突然想起一件事，或是尋獲了正在找的東西時，可以用這句話。「あった」是「ある」的過去式，所以要說「過去有……」時，也可以使用。

會話

A：えっ！鍵（かぎ）がない！

e./ka.gi.ga.na.i.

咦？鑰匙呢？

B：へえ？

he.e.

什麼？

A：あ、あった、あった。バッグのそこのほうに。

a./a.tta./a.tta./ba.ggu.no.so.ko.no.ho.u.ni.

啊，有了有了，在包包的最底下。

應用句子

✽何（なに）かいいことがあったの？

na.ni.ka.i.i.ko.to.ga./a.tta.no

有什麼好事發生嗎？

1 ✽この手（て）があったか！

4 ko.no.te.ga./a.tta.ka.

6 原來還有這一招。

いいアイデアだ。

i.i.a.i.de.a.da.

真是個好主意。

說　明

「アイデア」就是英文中的「idea」，這句話的意思是稱讚對方的提議很不錯。想要稱讚對方的提案時，就可以用這句話來表示。

會話一

A：クリスマスにお財布(さいふ)をプレゼントしようと思(おも)うの。

ku.ri.su.ma.su.ni./o.sa.i.fu.o./pu.re.ze.n.to.shi.yo.u.to./o.mo.u.no.

聖誕節就送皮夾當禮物吧！

B：いいアイデアだね。

i.i.a.i.de.a.da.ne.

真是好主意。

會話二

A：何(なに)かいいアイデアはありませんか？

na.ni.ka./i.i.a.i.de.a.wa./a.ri.ma.se.n.ka.

有沒有什麼好的想法？

B：うん…。

u.n.

嗯……。

Chapter
5
不滿抱怨篇

ひどい。

hi.do.i.

真過份！／很嚴重。

説　明

當對方做了很過份的事，或說了十分傷人的話，要向對方表示抗議時，就可以用「ひどい」來表示。另外也可以用來表示事情嚴重的程度，像是雨下得很大，房屋裂得很嚴重之類的。

會話一

A：人の悪口を言うなんて、ひどい！
hi.to.no./wa.ru.ku.chi.o.i.u./na.n.te./hi.do.i.
說別人壞話真是太過份了。

B：ごめん。
go.me.n.
對不起。

會話二

A：雨がひどいですね。
a.me.ga.hi.do.i.de.su.ne.
好大的雨啊！

B：そうですね。本当にひどい雨ですね。
so.u.de.su.ne./ho.n.to.u.ni./hi.do.i.a.me.de.su.ne.
對啊，真的下好大喔！

A：あのう、もしかして今日は傘を持っていないんですか？
a.no.u./mo.shi.ka.shi.te./kyo.u.wa./ka.sa.o.mo.tte.i.na.i.n.de.su.ka.
呃，你今天該不會是忘了帶雨傘了吧？

MP3 126

うるさい。

u.ru.sa.i.

很吵。

説 明

覺得很吵，深受噪音困擾的時候，可以用這句話來形容嘈雜的環境。另外當受不了對方碎碎念，這句話也有「你很煩耶！」的意思。

會話一

A：音楽の音がうるさいです。静かにしてください。

o.n.ga.ku.no.o.to.ga./u.ru.sa.i.de.su./shi.zu.ka.ni.shi.te./ku.da.sa.i.

音樂聲實在是太吵了，請小聲一點。

B：すみません。

su.me.ma.se.n.

對不起。

會話二

A：今日、どこに行ったの？

kyo.u./do.ko.ni.i.tta.no.

你今天去哪裡？

B：うるさいなあ、ほっといてくれよ。

u.ru.sa.i.na.a./ho.tto.i.te.ku.re.yo.

真囉嗦，別管我啦！

関係ない。

ka.n.ke.i.na.i.

不相關。

說 明

日文中的「関係」和中文的「關係」意思相同，「ない」則是沒有的意思，所以這個關鍵字和中文中「不相關」的用法相同。

會話一

A：この仕事は四十代でもできますか？

ko.no.shi.go.to.wa./yo.n.ju.u.da.i.de.mo./de.ki.ma.su.ka.

四十多歲的人也可以做這個工作嗎？

B：歳なんて関係ないですよ。

to.shi.na.n.te./ka.n.ke.i.na.i.de.su.yo.

這和年紀沒有關係。

會話二

A：何を隠してるの？

na.ni.o./ka.ku.shi.te.ru.no.

你在藏什麼？

B：お母さんには関係ない！聞かないで。

o.ka.a.sa.n.ni.wa./ka.n.ke.i.na.i./ki.ka.na.i.de.

和媽媽你沒有關係，別問了。

MP3 128

いい気味だ。

i.i.ki.mi.da.

活該。

說　明

覺得對方的處境是罪有應得時，會說「いい気味だ」來表示對方真是活該。

會話一

A：先生に怒られた。
se.n.se.i.ni./o.ko.ra.re.ta.
我被老師罵了。

B：いい気味だ。
i.i.ki.mi.da.
活該！

會話二

A：田中が課長に注意されたそうだ。
ta.na.ka.ga./ka.cho.u.ni./chu.u.i.sa.re.ta.so.u.da.
聽說田中被課長罵了。

B：いい気味だ！あの人のことが大嫌いなの。
i.i.ki.mi.da./a.no.hi.to.no.ko.to.ga./da.i.ki.ra.i.na.no.
活該！我最討厭他了。

A：うん、私も。気分がすっとしたよ。
u.n./wa.ta.shi.mo./ki.bu.n.ga.su.tto.shi.ta.yo.
我也是，這樣一來心情舒坦多了。

意地悪。

いじわる

i.ji.wa.ru.

捉弄。／壞心眼。

說明

當對方刻意做出傷害自己的事，或是開了十分過分的玩笑時，就可以用這句話來形容對方這樣的作法是很傷人的。

會話

A：子供の頃いつも意地悪をされていた。

ko.do.mo.no.ko.ro./i.tsu.mo.i.ji.wa.ru.o./sa.re.te.i.ta.

我小時候常常被欺負。

B：かわいそうに。

ka.wa.i.so.u.ni.

好可憐喔！

應用句子

✽ 意地悪！

i.ji.wa.ru.

壞心眼！

✽ 意地悪い口調。

i.ji.wa.ru.i.ku.cho.u.

嘴巴很毒。

✽ 意地悪いことに雨まで降ってきた。

i.ji.wa.ru.i.ko.to.ni./a.me.ma.de.fu.tte.ki.ta.

更慘的是竟然下雨了。

MP3 130

ずるい

zu.ru.i.

真奸詐。／真狡猾。

說　明

這句話帶有抱怨的意味，覺得對方做這件事真是狡猾，對自己來說實在不公平。

會話一

A：先生の目を盗んで答案用紙を見せ合って答えを書いた。

se.n.se.i.no.me.o./nu.su.n.de./to.u.a.n.yo.u.shi.o./mi.se.a.tte.ko.ta.e.o./ka.i.ta.

我們趁老師不注意的時候，彼此偷看了答案紙後寫下答案。

B：ずるい！

zu.ru.i.

真奸詐！

會話二

A：また宝くじが当たった！

ma.ta./ta.ka.ra.ku.ji.ga./a.ta.tta.

我又中彩券了！

B：佐藤君がうらやましいなあ！神様は本当にずるいよ！

sa.to.u.ku.n.ga./u.ra.ya.ma.shi.i.na.a./ka.mi.sa.ma.wa./ho.n.to.u.ni./zu.ru.i.yo.

佐藤，我真羨慕你。老天爺也太狡猾不公平了吧！

つまらない。

tsu.ma.ra.na.i.

真無趣。

說　明

形容人、事、物很無趣的時候，可以用這個關鍵字來形容。也可以用在送禮的時候，謙稱自己送的禮物只是些平凡無奇的小東西。

會話一

A：この番組(ばんぐみ)、面白(おもしろ)い？

mo.no.ba.n.gu.mi./o.mo.shi.ro.i.

這節目好看嗎？

B：すごくつまらない！

su.go.ku./tsu.ma.ra.na.i.

超無聊的！

會話二

A：つまらないものですが、どうぞ。

tsu.ma.ra.na.i.no.mo.de.su.ga./do.u.zo.

一點小意思，請笑納。

B：ありがとうございます。

a.ri.ga.to.u./go.za.i.ma.su.

謝謝你。

MP3 132

変だね。

he.n.da.ne.

真奇怪。

說　明

遇到了奇怪的事情，覺得很疑惑、想不通的時候，可以用這個關鍵字來表示。「変」是中文「奇怪」的意思，如果看到對方的穿著打扮或行為很奇怪的時候，也可以用這個關鍵字來形容喔！

會話一

A：雨が降ってきた。

a.me.ga./fu.tte.ki.ta.

下雨了。

B：変だなあ。天気予報は晴れるって言ったのに。

he.n.da.na.a./te.n.ki.yo.ho.u.wa./ha.re.ru.tte./i.tta.no.ni.

真奇怪，氣象預報明明說會是晴天。

會話二

A：誰もいません。

da.re.mo.i.ma.se.n.

沒有人在。

B：本当ですか？変ですね。

ho.n.to.u.de.su.ka./he.n.de.su.ne.

真的嗎？那真是奇怪。

嘘つき。

u.so.tsu.ki.

騙子。

說明

日文「嘘」就是謊言的意思。「嘘つき」是表示說謊的人，也就是騙子的意思。如果遇到有人不守信用，或是不相信對方所說的話時，就可以用這句話來表示抗議。

會話

A：ごめん、明日、行けなくなっちゃった。
go.me.n./a.shi.ta./i.ke.na.ku.na.ccha.tta.
對不起，明天我不能去了。

B：ひどい！パパの嘘つき！
hi.do.i./pa.pa.no.u.so.tsu.ki.
真過份！爸爸你這個大騙子。

應用句子

✽ うっそー！
u.sso.u.
騙人！

✽ 嘘つき！
u.so.tsu.ki.
騙子！

✽ 嘘をつかない。嫌なことは嫌。
u.so.o.tsu.ka.na.i./i.ya.na.ko.to.wa.i.ya.
我不騙人，討厭的東西就是討厭。

MP3 134

損した。

so.n.shi.ta.

虧大了。

說明

「損」和中文中的「損失」意思相同。覺得自己吃虧了，或是後悔做了某件造成自己損失的事情，就可以用「損した」來表示生氣懊悔之意。

會話

A：昨日の飲み会、どうして来なかったの？先生が全部払ってくれたのに。

ki.no.u.no.no.mi.ka.i./do.u.shi.te.ko.na.ka.tta.no./se.n.se.i.ga./ze.n.bu.ha.ra.tte.ku.re.ta.no.ni.

昨天你怎麼沒來聚會？老師請客耶！

B：本当？ああ、損した。

ho.n.to.u./a.a./so.n.shi.ta.

真的嗎？唉，那真是虧大了。

應用句子

✱ 買って損した。

ka.tte.so.n.shi.ta.

買了真是我的損失。

✱ 百万円を損した。

hya.ku.ma.n.e.n.o./so.n.shi.ta.

損失了一百萬。

✱ 知らないと損する。

shi.ra.na.i.to./so.n.su.ru.

不知道就虧大了。

がっかり。

ga.kka.ri.

真失望。

說 明

對人或事感覺到失望的時候，可以用這個關鍵字來表現自己失望的情緒。

會 話

A：合格できなかった。がっかり。
go.u.ka.ku.de.ki.na.ka.tta./ga.kka.ri.
我沒有合格，真失望。

B：また次の機会があるから、元気を出して。
ma.ta./tsu.gi.no.ki.ka.i.ga./a.ru.ka.ra./ge.n.ki.o.da.shi.te.
下次還有機會，打起精神來。

應用句子

✽ がっかりした。
ga.kka.ri.shi.ta.
真失望。

✽ がっかりするな。
ga.kka.ri.su.ru.na.
別失望。

✽ がっかりな結果。
ga.kka.ri.na.ke.kka.
令人失望的結果。

MP3 136

ショック。

sho.kku.

受到打擊。

説　明

受到了打擊而感到受傷，或是發生了讓人感到震憾的事情，都可以用這個關鍵字來表達自己嚇一跳、震驚、受傷的心情。

會　話

A：恵美(えみ)、最近(さいきん)、太(ふと)ったでしょう？

e.mi./sa.i.ki.n./fu.to.tta.de.sho.u.

惠美，你最近胖了吧？

B：えっ！ショック！

e./sho.kku.

什麼！真傷人！

應用句子

✽つらいショックを受(う)けた。

tsu.ra.i.sho.kku.o./u.ke.ta.

遭受痛苦的打擊。

✽へえ、ショック！

he.e./sho.kku.

什麼？真是震驚。

✽ショックです。

sho.kku.de.su.

真是嚇一跳。

まいった。

ma.i.tta.

甘拜下風。／敗給你了。

說　明

當比賽的時候想要認輸，就可以用這句話來表示。另外拗不對方，不得已只好順從的時候，也可以用「まいった」來表示無可奈何。

會　話

A：まいったな。よろしく頼（たの）むしかないな。
ma.i.tta.na./yo.ro.shi.ku./ta.no.mu.shi.ka.na.i.na.
我沒輒了，只好交給你了。

B：任（まか）せてよ！
ma.ka.se.te.yo.
交給我吧。

應用句子

✽まいった！許（ゆる）してください。
ma.i.tta./yu.ru.shi.te./ku.da.sa.i.
我認輸了，請原諒我。

✽ああ、痛（いた）い。まいった！
a.a./i.ta.i./ma.i.tta.
好痛喔，我認輸了。

✽まいりました。
ma.i.ri.ma.shi.ta.
甘拜下風。

MP3 138

仕方がない。

shi.ka.ta.ga.na.i.

沒辦法。

説　明

遇到了沒辦法解決，或是沒得選擇的情況時，可以用這句話表示「沒輒了」「沒辦法了」。不得已要順從對方時，也可以用這句話來表示。

會　話

A：できなくて、ごめん。
de.ki.na.ku.te./go.me.n.
對不起，我沒有辦到。

B：仕方がないよね、素人なんだから。
shi.ka.ta.ga.na.i.yo.ne./shi.ro.u.to.na.n.da.ka.ra.
沒辦法啦，你是外行人嘛！

應用句子

✽ 仕方がありません。
shi.ka.ta.ga./a.ri.ma.se.n.
沒辦法。

✽ 仕方ないね。
shi.ka.ta.na.i.ne.
沒輒了。

✽ 大丈夫だよ、それは仕方がないよね。
da.i.jo.u.bu.da.yo./so.re.wa./shi.ka.ta.ga.na.i.yo.ne.
沒關係啦，這也是無可奈何的事。

嫌（いや）。

i.ya.

不要。／討厭。

説　明

這個關鍵字是討厭的意思。對人、事、物感到極度厭惡的時候，可以使用。但若是隨便說出這句話，可是會讓對方受傷的喔！

會　話

A：寒（さむ）いから手（て）を繋（つな）ごう。

sa.mu.i.ka.ra./te.o.tsu.na.go.u.

好冷喔，我們手牽手好了。

B：嫌（いや）だ、男同士（おとこどうし）で。

i.ya.da./o.to.ko.do.u.shi.de.

才不要，都是男生耶！

應用句子

✽ 嫌（いや）ですよ。

i.ya.de.su.yo.

才不要咧。

✽ 嫌（いや）なんです。

i.ya.na.n.de.su.

不喜歡。

✽ 嫌（いや）な人（ひと）。

i.ya.na.hi.to.

討厭的人。

MP3 140

無理。

mu.ri.

不可能。

説　明

絕對不可能做某件事，或是事情發生的機率是零的時候，就會用「無理」來表示絕不可能，也可以用來拒絕對方。

會　話

A：僕と付き合ってくれない？

bo.ku.to./tsu.ki.a.tte./ku.re.na.i.

請和我交往。

B：ごめん、無理です！

go.me.n./mu.ri.de.su.

對不起，那是不可能的。

應用句子

✽ 無理無理！

mu.ri./mu.ri.

不行不行。

✽ 絶対無理だ。

ze.tta.i.mu.ri.da.

絕對不可能。

✽ 無理だよ。

mu.ri.da.yo.

不行啦！

面倒（めんどう）。

me.n.do.u.

麻煩。

說明

「面倒」有麻煩的意思，而麻煩別人，就是自己受到了照顧，所以這個字也有照顧人的意思。

會話

A：新（あたら）しい仕事（しごと）はどうだ？

a.ta.ra.shi.i.shi.go.to.wa./do.u.da.

新工作的狀況如何？

B：それがね、ちょっと面倒（めんどう）なことになったのよ。

so.re.ga.ne./cho.tto.me.n.do.u.na.ko.to.ni./na.tta.no.yo.

這個啊，好像惹出麻煩了。

應用句子

✽ ああ、面倒（めんどう）くさい！

a.a./me.n.do.u.ku.sa.i.

真麻煩！

✽ 面倒（めんどう）な手続（てつづ）き。

me.n.do.u.na.te.tsu.zu.ki.

麻煩的手續。

✽ 面倒（めんどう）を見（み）る。

me.n.do.u.o.mi.ru.

照顧。

MP3 142

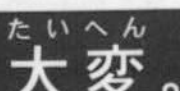

大変。

ta.i.he.n.

真糟。／難為你了。

說　明

在表示事情的情況變得很糟，事態嚴重時，可以用使用這個關鍵字。另外在聽對方慘痛的經歷時，也可以用這個字，來表示同情之意。

會　話

A：携帯が落ちましたよ。
he.i.ta.i.ga./o.chi.ma.shi.ta.yo.
你的手機掉了。

B：あらっ、大変です！
a.ra./ta.i.he.n.de.su.
啊！糟了。

應用句子

✽大変ですね。
ta.i.he.n.de.su.ne.
真是辛苦你了。

✽すごく大変です。
su.go.ku.ta.i.he.n.de.su.
真辛苦。／很嚴重。

✽大変失礼しました。
ta.i.he.n./shi.tsu.re.i.shi.ma.shi.ta.
真的很抱歉。

足りない。

ta.ri.na.i.

不夠。

説 明

物品、金錢不足夠的時候，可以用「足りない」來表示。而覺得事情有點不到位，彷彿少了點什麼的時候，也可以用這個關鍵字來表示。

會 話

A：お金が足りない。
o.ka.ne.ga.ta.ri.na.i.
錢不夠。

B：じゃ、貸してあげようか。
ja./ka.shi.te.a.ge.yo.u.ka.
那我借你吧。

應用句子

✽ おかずが足りない。
o.ka.zu.ga./ta.ri.na.i.
菜不夠了。

✽ 物足りない。
mo.no.ta.ri.na.i.
美中不足。

✽ なんか一味足りない。
na.n.ka./hi.to.a.ji.ta.ri.na.i.
好像缺少些什麼。／不夠完美。

痛(いた)い。

i.ta.i.

真痛。

說 明

覺得很痛的時候，可以說出這個關鍵字，表達自己的感覺。除了實際的痛之外，心痛（胸が痛い）、痛腳（痛いところ）、感到頭痛（頭がいたい），也都是用這個字來表示。

會 話

A：どうしたの？

do.u.shi.ta.no.

怎麼了？

B：のどが痛(いた)い。

no.do.ga./i.ta.i.

喉嚨好痛。

應用句子

✽お腹(なか)が痛(いた)い。

o.na.ka.ga./i.ta.i.

肚子痛。

✽目(め)が痛(いた)いです。

me.ga./i.ta.i.de.su.

眼睛痛。

のに。

no.ni.

卻。／反而。

說 明

事情的結果和預期完全相反，讓自己感到失望的時候，就可以用事這個關鍵字表示。比如說特地買了禮物，對方卻不喜歡；明明有能力，卻不去做……等。

會 話

A：疲(つか)れたから、ばんごはんはいらない。
tsu.ka.re.ta.ka.ra./ba.n.go.ha.n.wa./i.ra.na.i.
好累喔，我不吃晚餐了。

B：えっ！せっかく作(つく)ったのに。
e./se.kka.ku./tsu.ku.tta.no.ni.
可是我特地做了晚餐耶！

應用句子

✽ できるのにやらない。
de.ki.ru.no.ni./ya.ra.na.i.
雖然做得到卻不做。

✽ 安(やす)いのに買(か)わなかった。
ya.su.i.no.ni./ka.wa.na.ka.tta.
很便宜卻沒買。

MP3 146

バカ。

ba.ka.

笨蛋。

說　明

這個關鍵字對讀者來說應該並不陌生，但是在說話時要注意自己的口氣，若是加重了口氣說，就會變成辱罵別人的話，而不像是開玩笑了，所以在對話當中，還是要謹慎使用。

會　話

A：あなたは何もわかってない。健三のバカ！
a.na.ta.wa./na.ni.mo.wa.ka.tte.na.i./ke.n.zo.u.no.ba.ka.
你什麼都不懂，健三你這個大笨蛋！

B：何だよ！はっきり言えよ！
na.n.da.yo./ha.kki.ri.i.e.yo.
什麼啊！明白告訴我！

應用句子

✽バカのわたし。
ba.ka.no.wa.ta.shi.
我真是笨蛋。

✽バカにするな！
ba.ka.ni.su.ru.na.
不要把我當笨蛋。／少瞧不起人。

✽そんなバカな。
so.n.na.ba.ka.na.
哪有這麼扯的事。／怎麼可能？

なんだ。

na.n.da.

什麼嘛！

説　明

對於對方的態度或說法感到不滿，或者是發生的事實讓人覺得不服氣時，就可以用這個關鍵字來說。就像是中文裡的「什麼嘛！」「搞什麼啊！」。

會　話

A：先にお金を入れてボタンを押すのよ。
sa.ki.ni./o.ka.ne.o.i.re.te./bo.ta.n.o./o.su.no.yo.
先投錢再按按鈕。

B：なんだ、そういうことだったのか。
na.n.da./so.u.i.u.ko.to.da.tta.no.ka.
什麼嘛，原來是這樣喔！

應用句子

✽ なんだよ！
na.n.da.yo.
搞什麼嘛！

✽ なんだ！これは！
na.n.da./ko.re.wa.
這是在搞什麼！

最低（さいてい）。

sa.i.te.i.

真惡劣。

說　明

「最低」一般是指事物的最低標準，像是「最少應有多少人」「至少該做什麼」等用法。但是用在形容人或物的時候，就變成了很嚴苛的形容詞了，如果覺得對方實在無法原諒的時候，就可以用「最低」來形容對方。

會　話

A：ね、玲子（れいこ）とわたし、どっちがきれい？
ne./re.i.ko.to.wa.ta.shi./do.cchi.ga.ki.re.i.
我和玲子，誰比較漂亮？

B：もちろん玲子（れいこ）の方（ほう）がきれい。
mo.chi.ro.n./re.i.ko.no.ho.u.ga./ki.re.i.
當然是玲子比較漂亮啊！

A：もう、あなた最低（さいてい）！
mo.u./a.na.ta.sa.i.te.i.
真是的！你真可惡！

應用句子

✽ 今日（きょう）の試験（しけん）は最低（さいてい）だった。
kyo.u.no.shi.ke.n.wa./sa.i.te.i.da.tta.
今天的考試真是太糟了。

✽ あの人（ひと）は最低（さいてい）だ。
a.no.hi.to.wa./sa.i.te.i.da.
那個人真糟。

しまった。

shi.ma.tta.

糟了！

說　明

做錯了事，或是發現忘了做什麼時，可以用這個關鍵字來表示。相當於中文裡面的「糟了」「完了」。

會　話

A：しまった！カレーに味醂（みりん）を入（い）れちゃった。
shi.ma.tta./ke.re.e.ni./mi.ri.n.o./i.re.cha.tta.
完了，我把味醂加到咖哩裡面了。

B：えっ！じゃあ、夕食（ゆうしょく）は外（そと）で食（た）べようか。
e./ja.a./yu.u.sho.ku.wa./so.to.de.ta.be.yo.u.ka.
什麼！那……，晚餐只好去外面吃了。

應用句子

✱ 宿題（しゅくだい）を家（いえ）に忘（わす）れてしまった。
shu.ku.da.i.o./i.e.ni.wa.su.re.te./shi.ma.tta.
我把功課放在家裡了。

✱ しまった！パスワードを忘（わす）れちゃった。
shi.ma.tta./pa.su.wa.a.do.o./wa.su.re.cha.tta.
完了！我忘了密碼。

MP3 150

おかしい。

o.ka.shi.i.

好奇怪。

說　明

覺得事情怪怪的，或者是物品的狀況不太對，可以用這個關鍵字來形容。另外要是覺得人或事很可疑的話，也可以用這個關鍵字來說明。

會　話

A：あれ、おかしいなあ。

a.re./o.ka.shi.i.na.a.

疑，真奇怪。

B：何(なに)があったの？

na.ni.ga./a.tta.no.

怎麼了？

應用句子

✽ それはおかしいですよ。

so.re.wa./o.ka.shi.i.de.su.yo.

那也太奇怪了吧！

✽ 何(なに)がそんなにおかしいんですか？

na.ni.ga./so.n.na.ni./o.ka.shi.i.n.de.su.ka.

有什麼奇怪的嗎？

しまい。

shi.ma.i.

完了。／最後。

説　明

「しまい」是完結、完了的意思。一般用在事情、故事的結局但是當覺得走到了絕境、無可挽救的時候，也可以用這個關鍵字來表示自己完蛋了的意思。

會　話

A：いいからしまいまで聞（き）け！

i.i.ka.ra./shi.ma.i.ma.de.ki.ke.

總而言之先聽到最後。

B：ごめん。

go.me.n.

對不起。

應用句子

✽今日（きょう）はこれでおしまい。

kyo.u.wa./ko.re.de.o.shi.ma.i.

今天就到這裡結束。

✽わたしの人生（じんせい）はもうおしまいだ。

wa.ta.shi.no.ji.n.se.i.wa./mo.u.o.shi.ma.i.da.

我的人生完了。

別に。

be.tsu.ni.

沒什麼。／不在乎。

説　明

「別に」是「沒什麼」的意思，帶有「沒關係」的意思。但引申出來也有「管它的」之意，如果別人問自己意見時，回答「別に」，就有一種「怎樣都行」的輕蔑感覺，十分的不禮貌。

會　話

A：無理しないで。わたしは別にいいよ。
mu.ri.shi.na.i.de./wa.ta.shi.wa./be.tsu.ni.i.i.yo.
別勉強，不用在乎我的感受。

B：ごめん。じゃあ、今日はパス。
go.me.n./ja.a./kyo.u.wa.pa.su.
對不起，那我今天就不參加了。

應用句子

✽ 別にどこが気に入らないというわけではないんですが。
be.tsu.ni.do.ko.ga./ki.ni.i.ra.na.i./to.i.u.wa.ke.de.wa./na.i.n.de.su.ga.
也不是有什麼特別不滿意。

✽ 別に断る理由は見当たらない。
be.tsu.ni./ko.to.wa.ru.ri.yu.u.wa./mi.a.ta.ra.na.i.
沒有找到什麼可以拒絕的特別理由。

どいて。

do.i.te.

讓開！

說明

生氣的時候，對於擋住自己去路的人，會用這句話來表示。若是一般想向人說「借過」的時候，要記得說「すみません」，會比較禮貌。

會話

A：ちょっとどいて。
cho.tto.do.i.te.
借過一下！

B：あ、ごめん。
a./go.me.n.
啊，對不起。

應用句子

✽どけ！
do.ke.
讓開！

✽どいてくれ！
do.i.te.ku.re.
給我滾到一邊去。

✽どいてください。
do.i.te.ku.da.sa.i.
請讓開。

MP3 154

誤解(ごかい)。

go.ka.i.

誤會。

説 明

和中文裡「誤解」的意思一樣，這個關鍵字是誤會的意思。若是被別人曲解自己的意思時，要記得說「誤解しないで」請對方千萬別誤會了。

會 話

A：ええ？この指輪(ゆびわ)、誰(だれ)からもらったの？

e.e./ko.no.yu.bi.wa./da.re.ka.ra.mo.ra.tta.no.

這戒指是誰給你的？

B：母(はは)からもらったの。誤解(ごかい)しないで。

ha.ha.ka.ra.mo.ra.tta.no./go.ka.i.shi.na.i.de.

是我媽送我的，你可別誤會喔！

應用句子

✿いろいろな誤解(ごかい)がある。

i.ro.i.ro.na./go.ka.i.ga.a.ru.

有很多的誤會。

✿人(ひと)の誤解(ごかい)を招(まね)く。

hi.to.no.go.ka.i.o./ma.ne.ku.

造成別人的誤會。

まったく。
ma.tta.ku.
真是的！

説　明

「まったく」有「非常」「很」的意思，可以用來表示事情的程度。但當不滿對方的做法，或是覺得事情很不合理的時候，則會用「まったく」來表示「怎麼會有這種事！」的不滿情緒。

會　話

A：まったく。今日(きょう)もわたしが掃除(そうじ)するの。
ma.tta.ku./kyo.u.mo./wa.ta.shi.ga.so.u.ji.su.ru.no.
真是的！今天也是要我打掃嗎！

B：だって、由紀(ゆき)のほうが掃除上手(そうじじょうず)じゃない？
da.tte./yu.ki.no.ho.u.ga./so.u.ji.jo.u.zu./ja.na.i.
因為由紀你比較會打掃嘛！

應用句子

✽彼(かれ)にもまったく困(こま)ったものだ。
ka.re.ni.mo./ma.tta.ku.ko.ma.tta.mo.no.da.
真拿他沒辦法。

✽まったく存(ぞん)じません。
ma.tta.ku./zo.n.ji.ma.se.n.
一無所悉。

MP3 156

けち。

ke.chi.

小氣。

說　明

日文中的小氣就是「けち」，用法和中文相同，可以用來形容人一毛不拔。

會話一

A：見(み)せてくれたっていいじゃない、けち！
mi.se.te.ku.re.ta.tte./i.i.ja.na.i./ke.chi.
讓我看一下有什麼關係，真小氣。

B：大事(だいじ)なものだからだめ。
da.i.ji.na.mo.no.da.ka.ra./da.me.
因為這是很重要的東西，所以不行。

會話二

A：梅田君(うめだくん)は本当(ほんとう)にけちな人(ひと)だね。
u.me.da.ku.n.wa./ho.n.to.u.ni./ke.chi.na.hi.to.da.ne.
梅田真是個小氣的人耶！

B：そうよ。お金持(かねも)ちなのに。
so.u.yo./o.ka.ne.mo.chi.na.no.ni.
就是啊，明明就是個有錢人。

飽(あ)きた。

a.ki.ta.

膩了。

說　明

對事情覺得厭煩了，就可以用動詞再加上「飽きた」來表示不耐煩，例如「食べ飽きた」代表吃膩了。

會　話

A：今日(きょう)もオレンジジュースを飲(の)みたいなあ。
kyo.u.mo./o.re.n.ji.ju.u.su.o./no.mi.ta.i.na.a.
今天也想喝柳橙汁。

B：また？毎日(まいにち)飲(の)むのはもう飽(あ)きたよ。
ma.ta./ma.i.ni.chi.no.mu.no.wa./mo.u.ka.ki.ta.yo.
還喝啊！每天都喝，我已經膩了！

應用句子

✽聞(き)き飽(あ)きた。
ki.ki.a.ki.ta.
聽膩了。

✽飽(あ)きっぽい。
a.ki.ppo.i.
三分鐘熱度。

158

からかわないで。

ka.ra.ka.wa.na.i.de.

別嘲笑我。

説　明

「からかう」這個關鍵字是嘲笑的意思，當受人輕視時，就可以用「からかわないで」來表示抗議。

會　話

A：今日(きょう)はきれいだね。どうしたの？デート？
kyo.u.wa./ki.re.i.da.ne./do.u.shi.ta.no./de.e.to.
今天真漂亮，怎麼了？要去約會嗎？

B：違(ちが)うよ。からかわないで。
chi.ga.u.yo./ka.ra.ka.wa.na.i.de.
哪有啊，別拿我開玩笑了。

應用句子

✿ からかうなよ。
ka.ra.ka.u.na.yo.
別嘲笑我。

✿ からかわれてしまった。
ka.ra.ka.wa.re.te.shi.ma.tta.
我被嘲笑了。

勘弁(かんべん)してよ。

ka.n.be.n.shi.te.yo.

饒了我吧！

說明

已經不想再做某件事，或者是要請對方放過自己時，就會用這句話，表示自己很無奈、無能為力的感覺。

會話

A：またカップラーメン？勘弁(かんべん)してよ。
ma.ta.ka.ppu.ra.a.me.n./ka.n.be.n.shi.te.yo.
又要吃泡麵？饒了我吧。

B：料理(りょうり)を作(つく)る暇(ひま)がないから。
ryo.u.ri.o.tsu.ku.ru.hi.ma.ga./na.i.ka.ra.
因為我沒時間作飯嘛！

應用句子

✽勘弁(かんべん)してくれよ。
ka.n.be.n.shi.te.ku.re.yo.
饒了我吧！

✽勘弁(かんべん)してください。
ka.n.be.n.shi.te./ku.da.sa.i.
請放過我。

MP3 160

うんざり。

u.n.za.ri.

感到厭煩。

說明

這個關鍵字帶有「很火大」「很煩」的意思，也可以用「はらたつ」來代替。

會話

A：なんでバイトをやめちゃうの？
na.n.de./ba.i.to.o./ya.me.cha.u.no.
為什麼不去打工了？

B：先輩(せんぱい)の態度(たいど)にはもううんざりだ。
se.n.pa.i.no.ta.i.do.ni.wa.mo.u./u.n.za.ri.da.
前輩的態度讓我覺得很煩。

應用句子

✽ 考(かんが)えただけでうんざりする。
ka.n.ga.e.ta.da.ke.de./u.n.za.ri.su.ru.
光是用想的就覺得很煩。

✽ もうそれにはうんざりした。
mo.u.so.re.ni.wa./u.n.za.ri.shi.ta.
我對那個已經覺得很厭煩了。

おしゃべり。

o.sha.be.ri.

大嘴巴！

說明

在日文中「おしゃべり」本來是指閒聊的意思，但引申有愛講八卦、大嘴巴的意思，要罵人口風不緊的話，就可以用這個字。

會話

A：つい口（くち）が滑（すべ）っちゃって、ごめん。
tsu.i.ku.chi.ga./su.be.cha.tte./go.me.n.
不小心就說溜嘴了，對不起。

B：おしゃべり！
o.sha.be.ri.
你這個大嘴巴！

應用句子

✽ あのおしゃべりがまた告（つ）げ口（ぐち）をしたな。
a.no.o.sha.be.ri.ga./ma.ta.tsu.ge.gu.chi.o.shi.ta.na.
那個大嘴巴又亂說八卦了。

✽ ちょっとおしゃべりするうちに時間（じかん）になった。
cho.tto./o.sha.be.ri.su.ru.u.chi.ni./ji.ka.n.ni.na.tta.
在談話中不知不覺時間就到了。

162

ダサい。

da.sa.i.

真遜。／真土。

說明

形容行為和穿著很不稱頭，帶有一點鄉下土包子的感覺，也可以說是「格好悪い」。

會話一

A：何（なん）なの、その格好（かっこう）。ダサい！

na.n.na.no./so.no.ka.kko.u./da.sa.i.

你這打扮是怎麼回事，好土喔！

B：失礼（しつれい）だなあ、君（きみ）。

shi.tsu.re.i.da.na.a./ki.mi.

很失禮耶你。

應用句子

✽ ダサい服（ふく）。

da.sa.i.fu.ku.

很難看的衣服。

✽ 一見（いっけん）よさそうだがよくよく見（み）るとかなりダサい。

i.kke.n.yo.sa.so.u.da.ga./yo.ku.yo.ku.mi.ru.to./ka.na.ri.da.sa.i.

第一眼看到的時候覺得還不錯，但仔細一看發覺還蠻醜的。

びびるな。

bi.bi.ru.na.

不要害怕。

說明

「びびる」是害怕得發抖的意思，加上一個「な」則是禁止的意思，也就是告訴對方沒什麼好害怕的。

會話

A：どうしよう。もうすぐ本番（ほんばん）だよ。
do.u.shi.yo.u./mo.u.su.gu./ho.n.ba.n.da.yo.
怎麼辦，馬上就要上式上場了。

B：びびるなよ。自信（じしん）を持（も）って！
bi.bi.ru.na.yo./ji.shi.n.o.mo.tte.
別害怕，要有自信。

應用句子

✽ びびってます。
bi.bi.tte.ma.su.
覺得很害怕。

✽ 大舞台（だいぶたい）にびびってしまう。
da.i.bu.ta.i.ni./bi.bi.tte.shi.ma.u.
要站上大舞台而感到害怕。

MP3 164

理屈(りくつ)。

ri.ku.tsu.

理由。／強詞奪理。

說 明

這個關鍵字是「理由」的意思，也含有理由很牽強的意思。要對方不要再用理由推託、矇混時，可以用這個關鍵字。

會 話

A：だって勉強嫌(べんきょうぎら)いだもん。

da.tte./be.n.kyo.u.gi.ra.i.da.mo.n.

總之我就是討厭念書嘛！

B：理屈(りくつ)を言(い)うな。

ri.ku.tsu.o./i.u.na.

少強詞奪理。

應用句子

✽ 理屈(りくつ)ばかり言(い)って。

ri.ku.tsu.ba.ka.ri.i.tte.

只會找藉口。

✽ そんな理屈(りくつ)はない！

so.n.na./ri.ku.tsu.ha.na.i.

沒那種事！

遅い。

o.so.i.

遲了。／真慢。

説明

當兩人相約，對方遲到時，可以用「遅い！」來抱怨對方太慢了。而當這個關鍵字用來表示事物的時候，則是有時間不早了，或是後悔也來不及了的意思。

會話一

A：子供のころ、もっと勉強しておけばよかった。
ko.do.mo.no.ko.ro./mo.tto./be.n.kyo.u.shi.te.o.ke.ba./yo.ka.tta.
要是小時候用功點就好了。

B：そうだよ、年をとってから後悔しても遅い。
so.u.da.yo./to.shi.o.to.tte.ka.ra./ko.u.ka.i.shi.te.mo.o.so.i.
對啊，這把年紀了再後悔也來不及了。

會話二

A：もう遅いから早く寝ろ。
mo.u./o.so.i.ka.ra./ha.ya.ku.ne.ro.
已經很晚了，早點去睡！

B：うん、おやすみ。
u.n./o.ya.su.mi.
嗯，晚安。

MP3 166

終わり。

o.wa.ri.

結束。／完了。

說　明

這個關鍵字和「しまい」的意思相同，都是指事情結束的意思，也都可以延伸出「完蛋了」的意思。

會　話

A：今日はレポートの提出日だよ。
kyo.u.wa./re.po.o.to.no./te.i.shu.tsu.bi.da.yo.
今天要交報告喔！

B：えっ！やばい、もう終わりだ！
e./ya.ba.i./mo.u.o.wa.ri.da.
什麼！糟了，我完蛋了。

應用句子

✽終わりまで聞け。
o.wa.ri.ma.de./ki.ke.
聽我說完！

✽この世の終わりだ。
ko.no.yo.no.o.wa.ri.da.
這世界完了。

✽終わりよければすべてよし。
o.wa.ri.yo.ke.re.ba./su.be.te.yo.shi.
結果是好的就可以了。

かわいそう。

ka.wa.i.so.u.

真可憐。

說 明

「かわいそう」是可憐的意思，用來表達同情。「かわいい」和「かわいそう」念起來雖然只差一個音，但意思卻是完全相反。「かわいい」指的是很可愛，「かわいそう」則是覺得對方可憐。

會 話

A：今日(きょう)も残業(ざんぎょう)だ。
kyo.u.mo./za.n.gyo.u.da.
今天我也要加班。

B：かわいそうに。無理(むり)しないでね。
ka.wa.i.so.u.ni./mu.ri.shi.na.i.de.ne.
真可憐，不要太勉強喔！

應用句子

✱ そんなに犬(いぬ)をいじめてはかわいそうだ。
so.n.na.ni./i.nu.o.i.ji.me.te.wa./ka.wa.i.so.u.da.
這樣欺負小狗，牠很可憐耶！

✱ かわいそうに思(おも)う。
ka.wa.i.so.u.ni.o.mo.u.
好可憐。

Chapter 6

身心狀態篇

気持ち。

ki.mo.chi.

心情。／感覺。

説明

「気持ち」是心情、感覺的意思，後面加上適當的形容詞，像是「いい」「わるい」就可以表達自己的感覺。

會話

A：ケーキを五つ食べた。気持ち悪い。

ke.e.ki.o./i.tsu.tsu.ta.be.ta./ki.mo.chi.wa.ru.i.

我吃了五個蛋糕，覺得好不舒服喔！

B：食べすぎだよ。

ta.be.su.gi.da.yo.

你吃太多了啦！

應用句子

✽少し気持ち悪いんです。

su.ko.shi.ki.mo.chi.wa.ru.i.n.de.su.

覺得有點噁心。

✽気持ちがいい。

ki.mo.chi.ga./i.i.

心情很好。／很舒服。

✽気持ちのよい朝ですね。

ki.mo.chi.no.yo.i.a.sa.de.su.ne.

真是個舒服的早晨。

MP3 169

調子。

cho.u.shi.

狀況。

説　明

要身體的狀況，或是事情進行的情況時，就是「調子」。後面加上形容詞，就可以表示狀態。而「調子に乗る」則是有「得意忘形」的意思。

會　話

A：今日の調子はどうですか？

kyo.u.no.cho.u.shi.wa./do.u.de.su.ka.

今天的狀況如何？

B：上々です。絶対に勝ちます。

jo.u.jo.u.de.su./ze.tta.i.ni./ka.chi.ma.su.

狀況很棒，絕對可以得到勝利！

應用句子

✽車の調子が悪いです。

ku.ru.ma.no.cho.u.shi.ga./wa.ru.i.de.su.

車子的狀況怪怪的。

✽調子がいいです。

cho.u.shi.ga./i.i.de.su.

狀況很好。

✽山田選手は最近調子が悪いみたいです。

ya.ma.da.se.n.shu.wa./sa.i.ki.n.cho.u.shi.ga./wa.ru.i.mi.ta.i.de.su.

山田選手最近狀況好像不太好。

信(しん)じる。

shi.n.ji.ru.

相信。

説明

這個關鍵字是深深相信的意思，要表示自己相不相信一件事情，就可以用「信じる」「信じられない」來表示。

會話

A：彼(かれ)にもらったダイヤを捨(す)てたんだ。
ka.re.ni.mo.ra.tta.da.i.ya.o./su.te.ta.n.da.
我把他送給我的鑽石丟了。

B：信(しん)じられない！
shi.n.ji.ra.re.na.i.
真不敢相信！

應用句子

✽ 信(しん)じてます。
shi.n.ji.te.ma.su.
我相信。

✽ 信(しん)じられません。
shi.n.ji.ra.re.ma.se.n.
不敢相信。

✽ 信(しん)じてあげる。
shi.n.ji.te.a.ge.ru.
我相信你。

大丈夫。

da.i.jo.u.bu.

沒關係。／沒問題。

說　明

要表示自己的狀況沒有問題，或是事情一切順利的時候，就可以用這句關鍵字來表示。若是把語調提高，則是詢問對方「還好吧？」的意思。

會　話

A：顔色が悪いです。大丈夫ですか？

ka.o.i.ro.ga./wa.ru.i.de.su./da.i.jo.u.bu.de.su.ka.

你的氣色不太好，還好嗎？

B：ええ、大丈夫です。ありがとう。

e.e./da.i.jo.u.bu.de.su./a.ri.ga.to.u.

嗯，我很好，謝謝關心。

應用句子

✽ きっと大丈夫。

ki.tto.da.i.jo.u.bu.

一定沒問題的。

✽ 大丈夫だよ。

da.i.jo.u.bu.da.yo.

沒關係。／沒問題的。

✽ 大丈夫？

da.i.jo.u.bu.

還好吧？

びっくり。

bi.kku.ri.

嚇一跳。

說　明

這個關鍵字是「嚇一跳」的意思。被人、事、物嚇了一跳時，可以說「びっくりした」來表示內心的驚訝。

會　話

A：サプライズ！お誕生日（たんじょうび）おめでとう！

sa.pu.ra.i.zu./o.ta.n.jo.u.bi./o.me.de.to.u.

大驚喜！生日快樂！

B：わ、びっくりした。ありがとう。

wa./bi.kku.ri.shi.ta./a.ri.ga.to.u.

哇，嚇我一跳。謝謝你。

應用句子

✽ びっくりしました。

bi.ku.ri.shi.ma.shi.ta.

嚇了我一跳。

✽ びっくりさせないでよ。

bi.kku.ri.sa.se.na.i.de.yo.

別嚇我啦。

173

感動。

かんどう

ka.n.do.u.

感動。

說　明

這個關鍵字和中文的「感動」一樣，用法也一致。連念法也和中文幾乎一模一樣，快點學下這個字在會話中好好運用一番吧！

會　話

A：いい映画（えいが）ですね。

i.i.e.i.ga.de.su.ne.

真是一部好電影呢！

B：そうですね。最後（さいご）のシーンに感動（かんどう）しました。

so.u.de.su.ne./sa.i.go.no.shi.i.n.ni./ka.n.do.u.shi.ma.shi.ta.

對啊，最後一幕真是令人感動。

應用句子

✽彼（かれ）は感動（かんどう）しやすい人（ひと）だね。

ka.re.wa./ka.n.do.u.shi.ya.su.i.hi.to.da.ne.

他很容易受感動。

✽深（ふか）い感動（かんどう）を受（う）けたわ。

fu.ka.i.ka.n.do.u.o./u.ke.ta.wa.

深深受到感動。

感じ。

ka.n.ji.

感覺。

説明

「感じ」是用在表達感覺時使用，前面可以加上形容事物的名詞，來說明各種感觸。

會話

A：公式サイトって、こんな感じでいい？

ko.u.shi.ki.sa.i.to.tte./ko.n.na.ka.n.ji.de./i.i.

官方網站弄成這種感覺如何？

B：うん、いいんじゃない。

u.n./i.i.n.ja.na.i.

嗯，還不錯呢！

應用句子

✽ 寒さで感じがなくなる。

sa.mu.sa.de./ka.n.ji.ga./na.ku.na.ru.

冷到失去了知覺。

✽ とても感じが悪い。

to.te.mo./ka.n.ji.ga./wa.ru.i.

印象很糟。／感覺很糟。

✽ 故郷の感じが出ている。

fu.ru.sa.to.na.ka.n.ji.ga./de.te.i.ru.

有故鄉的感覺。

都合（つごう）。

tsu.go.u.

狀況。／方便。

說　明

在接受邀約，或者有約定的時候，用這個關鍵字，可以表達自己的行程是否能夠配合，而在拒絕對方的時候，不想要直接說明理由，也可以用「都合が悪い」來婉轉拒絕。

會　話

A：来月（らいげつ）のいつ都合（つごう）がいい？

ra.i.ge.tsu.no.i.tsu./tsu.go.u.ga.i.i.

下個月什麼時候有空？

B：週末（しゅうまつ）だったらいつでも。

shu.u.ma.tsu.da.tta.ra./i.tsu.de.mo.

如果是週末的話都可以。

應用句子

✽ それはわたしにとって都合（つごう）が悪（わる）い。

so.re.wa./wa.ta.shi.ni.to.tte./tsu.go.u.ga.wa.ru.i.

這對我來說很不方便。

✽ 都合（つごう）によっては車（くるま）で行（い）くかもしれない。

tsu.go.u.ni.yo.tte.wa./ku.ru.ma.de.i.ku./ka.mo.shi.re.na.i.

看狀況而定，說不定我會開車去。

忙しい。

i.so.ga.shi.i.

忙碌。

說 明

要表示忙碌狀態的形容詞。有求於別人，或是有事想要談一談的時候，也會用「今忙しい？」先問對方忙不忙。

會 話

A：ちょっといい？
cho.tto.i.i.
現在有空嗎？

B：ごめん、今忙しいんだ。
go.me.n./i.ma.i.so.ga.shi.i.n.da.
對不起，我現在正在忙。

應用句子

✽ お忙しいところをお邪魔いたしました。
o.i.so.ga.shi.i.to.ko.ro.o./o.ja.ma.i.ta.shi.ma.shi.ta.
百忙之中打擾您了。

✽ 目が回るほど忙しいよ。
me.ga.ma.wa.ru.ho.do./i.so.ga.shi.i.yo.
忙得不得了。

MP3 177

用事(ようじ)がある。

yo.u.ji.ga.a.ru.

有事。

說　明

受到了邀請的時候，若是想要拒絕，絕對不可以直接說「行きたくない」而是要用「用事がある」這類比較委婉的方式拒絕對方，對方也會很識相的知難而退。

會　話

A：用事(ようじ)があるから、先(さき)に帰(かえ)るわ。

yo.u.ji.ga.a.ru.ka.ra./sa.ki.ni.ka.e.ru.wa.

我還有事，先回去了。

B：うん、お疲(つか)れ。

u.n./o.tsu.ka.re.

好的，辛苦了。

應用句子

✱ ちょっと用事(ようじ)がある。

cho.tto.yo.u.ji.ga./a.ru.

有點事。

✱ 急(きゅう)な用事(ようじ)ができたので帰(かえ)らなくてはならなくなった。

kyu.u.na.yo.u.ji.ga.de.ki.ta.no.de./ka.e.ra.na.ku.te.wa./na.ra.na.ku.na.tta.

突然有急事，不回去不行。

期待(きたい)する。

ki.ta.i.su.ru.

期待。

說明

對於一件事情有所期待，或是樂觀其成的時候，可以用這個關鍵字來表示自己的感覺。

會話

A：バレンタインデーは何(なに)をくれるの？指輪(ゆびわ)？バッグ？

ba.re.n.ta.i.n.de.e.wa./na.ni.o.ku.re.ru.no./yu.bi.wa./ba.ggu.

情人節你要送我什麼？戒指？包包？

B：まあ、あまり期待(きたい)しないほうがいいよ。

ma.a./a.ma.ri./ki.ta.i.shi.na.i.ho.u.ga./i.i.yo.

你最好別抱太大的期待。

應用句子

✽ わたしの期待(きたい)は裏切(うらぎ)られた。

wa.ta.shi.no.ki.ta.i.wa./u.ra.gi.ra.re.ta.

辜負了我的期待。

✽ この不景気(ふけいき)ではボーナスは期待(きたい)できない。

ko.no.fu.ke.i.ki.de.wa./bo.u.na.su.wa./ki.ta.i.de.ki.na.i.

在不景氣下，別期望會有獎金了。

179

自信。

ji.shi.n.

把握。

說　明

「自信」是表示對一件事情有沒有把握，後面用「ある」「ない」來表示信心的有無。

會　話

A：本当に運転できる？

ho.n.to.u.ni./u.n.te.n.de.ki.ru.

你真的會開車嗎？

B：自信ないなあ。

ji.shi.n.na.i.na.a.

我也沒什麼把握。

應用句子

✽ 自信満々だ。

ji.shi.n.ma.n.ma.n.da.

有十足的信心。

✽ 日本語を読むのはなんとかなるが、会話は自信がない。

ni.ho.n.go.o.yo.mu.no.wa./na.n.to.ka.na.ru.ga./ka.i.wa.wa./ji.shi.n.ga.na.i.

如果是念日文的話應該沒問題，但是對話我就沒把握了。

✽ 当店が自信を持ってお勧めします。

to.u.te.n.ga./ji.shi.n.o.mo.tte./o.su.su.me.shi.ma.su.

這是本店的推薦商品。

心配（しんぱい）。

shi.n.pa.i.

擔心。

說　明

詢問對方的情形、覺得擔心或是對事情不放心的時候，可以用這個關鍵詞來表示心中的感受。

會　話

A：体（からだ）の調子（ちょうし）は大丈夫（だいじょうぶ）ですか？

ka.ra.da.no.cho.u.shi.wa./da.i.jo.u.bu.de.su.ka.

身體還好嗎？

B：心配（しんぱい）しないで。もう大分（だいぶ）よくなりました。

shi.n.pa.i.shi.na.i.de./mo.u.da.i.bu./yo.ku.na.ri.ma.shi.ta.

別擔心，已經好多了。

應用句子

✽ 子供（こども）の将来（しょうらい）を心配（しんぱい）する。

ko.do.mo.no.sho.u.ra.i.o./shi.n.pa.i.su.ru.

擔心孩子的未來。

✽ 今日（きょう）は雨（あめ）の心配（しんぱい）はありません。

kyo.u.wa./a.me.no.shi.n.pa.i.wa./a.ri.ma.se.n.

今天不用擔心會下雨。

1 日常禮儀
2 發語答腔篇
3 發問徵詢篇
4 開心稱讚篇
5 不滿抱怨篇
6 身心狀態篇
7 身心狀態篇
8 忠告建議篇
9 談天說地篇
10 請求協助篇

MP3 181

せかす。

se.ka.su.

催促。

説　明

「せかす」是催促的意思，「せかすな」則是要求對方不要再催了，已經覺得很煩了的意思。

會　話

A：急いで。間に合わなかったらまずいよ。

i.so.i.de./ma.ni.a.wa.na.ka.tta.ra./ma.zu.i.yo.

快一點，沒趕上就慘了。

B：せかすなよ。

se.ka.su.na.yo.

別催我啦！

應用句子

✽せかさないで。

se.ka.sa.na.i.de.

別催。

✽何度もせかす。

na.n.do.mo.se.ka.su.

再三催促。

気分(きぶん)。

ki.bu.n.

感覺。／身體狀況。

説明

「気分」可以指感覺，也可以指身體的狀態，另外也可以來表示周遭的氣氛，在這個字前面加上適當的形容詞，就可以完整表達意思。

會話

A：気分(きぶん)はどう？
ki.bu.n.wa.do.u.
感覺怎麼樣？

B：うん、さっきよりはよくなった。
u.n./sa.ki.yo.ri.wa./yo.ku.na.tta.
嗯，比剛才好多了。

應用句子

✱ 気分(きぶん)が穏(おだ)やかになる。
ki.bu.n.ga./o.da.ya.ka.ni.na.ru.
氣氛變得很祥和。

✱ 今日(きょう)はご気分(きぶん)はいかがですか？
kyo.u.wa./go.ki.bu.n.wa./i.ka.ga.de.su.ka.
您今天的身體狀況如何？

✱ 映画(えいが)を見(み)る気分(きぶん)にならない。
e.i.ga.o./mi.ru.ki.bu.n.ni./na.ra.na.i.
沒心情去看電影。

かっこう。

ka.kko.u.

外型。／打扮。／個性。

說明

「かっこう」可以指外型、動作，也可以指人的性格、個性。無論是形容外在還是內在，都可以用這個詞來說明。

會話

A：見(み)て、最近(さいきん)買(か)った時計(とけい)。

mi.te./sa.i.ki.n.ka.tta.to.ke.i.

你看！我最近買的手錶。

B：かっこういい！

ka.kko.u.i.i.

好酷喔！

應用句子

✿ かっこう悪(わる)い。

ka.kko.u.wa.ru.i.

真遜。

✿ 変(へん)なかっこうで歩(ある)く。

he.n.na.ko.kko.u.de./a.ru.ku.

用奇怪的姿勢走路。／穿得很奇怪走在路上。

思う。

o.mo.u.

想。

說明

「思う」是動詞「想」的意思。在日文中，想不出來是「思いつかない」；想不起來是「思い出せない」，可別誤用了。

會話一

A：三上さんのロッカーは何番ですか？
mi.ka.mi.sa.n.no.ro.kka.a.wa./na.n.ba.n.de.su.ka.
三上先生的櫃子是幾號？

B：えっと…、ちょっと思い出せません。
e.tto./cho.tto.o.mo.i.da.se.ma.se.n.
嗯，我想不起來。

會話二

A：どうしたの？そんな暗い顔をして。
do.u.shi.ta.no./so.n.na./ku.ra.i.ka.o.o.shi.te.
怎麼了，臉色這麼陰沉。

B：よいタイトルが思いつかない！助けて！
yo.i.ta.i.to.ru.ga./o.mo.i.tsu.ka.na.i./ta.su.ke.te.
我想不出好的標題，快幫幫我！

185

男(おとこ)らしい。

o.to.ko.ra.shi.i.

男子氣概。

說明

「らしい」是「像」的意思，帶有「名符其實」的意思，例如「男らしい」就是指男生很有男子氣概的意思。

會話

A：福山(ふくやま)さんはかっこういい！

fu.ku.ya.ma.sa.n.wa./ka.kko.u.i.i.

福山先生真帥！

B：でも、木村(きむら)さんのほうが男(おとこ)らしいよね。

de.mo./ki.mu.ra.sa.n.no.ho.u.ga./o.to.ko.ra.shi.i.yo.ne.

不過，木村先生比較有男子氣概。

應用句子

✽ 女(おんな)らしくない。

o.n.na.ra.shi.ku.na.i.

沒有女人味。

✽ 田村君(たむらくん)らしくないよ。

ta.mu.ra.ku.n.ra.shi.ku.na.i.yo.

一點也不像田村會做的事。

✽ 春(はる)らしい天気(てんき)になった。

ha.ru.ra.shi.i./te.n.ki.ni.na.tta.

真正的春天來了。

186

暇。

hi.ma.

空閒。／有空。

說明

這個關鍵字是「空閒」的意思，當形容詞使用時，則是「有空」的意思，也可以引伸出工作很「閒」的意思。

會話

A：今、暇？ちょっと手伝ってくれない？

i.ma./hi.ma./cho.tto.te.tsu.da.tte./ku.re.na.i.

現在有空嗎？能幫我一下嗎？

B：うん、いいよ。

u.n./i.i.yo.

嗯，好啊。

應用句子

✻ そんなことをしている暇はない。

so.n.na.ko.to.o./shi.te.i.ru.hi.ma.wa.na.i.

我沒空做那種無聊事。

✻ 返事する暇がなかった。

he.n.ji.su.ru.hi.ma.ga./na.ka.tta.

我沒空回覆。

✻ 週末は暇ですよ。

shu.u.ma.tsu.wa./hi.ma.de.su.yo.

週末有空。

187

迷(まよ)っている。

ma.yo.tte.i.ru.

很猶豫。／迷路。

說　明

「迷っている」是迷路的意思，另外抽象的意思則有迷惘的意思，也就是對於要選擇什麼感到很猶豫。

會　話

A：何(なに)を食(た)べたいですか？
na.ni.o./ta.be.ta.i.de.su.ka.
你想吃什麼。

B：うん…、迷(まよ)っているんですよ。
u.n./ma.yo.tte.i.ru.n.de.su.yo.
嗯，我正在猶豫。

應用句子

✽どれを買(か)おうか迷(まよ)っているんです。
do.re.o.ka.o.u.ka./ma.yo.tte.i.ru.n.de.su.
不知道該買哪個。

✽道(みち)に迷(まよ)ってしまった。
mi.chi.ni./ma.yo.tte.shi.ma.tta.
迷路了。

しています。

shi.te.i.ma.su.

正在做。

説　明

要表達現在或是這陣子持續在做什麼事情時，使用的關鍵字是「しています」，比方說「運動しています」就是正在運動，或是這陣子都有在運動的意思。

會　話

A：暇（ひま）なとき、何（なに）をしていますか？

hi.ma.na.to.ki./na.ni.o.shi.te.i.ma.su.ka.

空閒的時候都做些什麼？

B：本（ほん）を読（よ）んだり、絵（え）を描（か）いたりしていますね。

ho.n.o.yo.n.da.ri./e.o.ka.i.ta.ri./shi.te.i.ma.su.ne.

閱讀、畫畫之類的。

應用句子

✽ ぶらぶらしています。

bu.ra.bu.ra.shi.te.i.ma.su.

到處閒晃。

✽ 今仕事（いましごと）をしています。

i.ma./shi.go.to.o./shi.te.i.ma.su.

正在工作。

✽ こつこつ働（はたら）いています。

ko.tsu.ko.tsu./ha.ta.ra.i.te./i.ma.su.

正在認真工作。

できた。

de.ki.ta.

做到了。／完成了。

說　明

終於完成一件事的時候，可以用這句話來表示大功告成。另外建築物完工、結交朋友等，也可以用「できた」。

會　話

A：好きな人ができた。
su.ki.na.hi.to.ga./de.ki.ta.
我有喜歡的人了。

B：えっ！誰？教えて。
e./da.re./o.shi.e.te.
是誰？告訴我？

應用句子

✱ 宿題は全部できた。
shu.ku.da.i.wa./ze.n.bu.de.ki.ta.
功課全部寫完了。

✱ 食事ができた。
sho.ku.ji.ga.de.ki.ta.
飯菜好了。

✱ この当たりはだいぶ家ができた。
ko.no.a.ta.ri.wa./da.i.bu.i.e.ga./de.ki.ta.
這附近蓋了很多房子。

付き合って。

tsu.ki.a.tte.

交往。／陪伴。

說　明

向他人告白時，可以說「付き合ってください」，另外和一般朋友的往來，也可以稱作是「付き合う」，此外「付き合う」也有陪伴、往來的意思。

會　話

A：付き合ってください。
tsu.ki.a.tte.ku.da.sa.i.
請和我交往！

B：ごめん、彼氏がいるんです。
go.me.n./ka.re.shi.ga./i.ru.n.de.su.
對不起，我有男友了。

應用句子

✽ 長年仕事で付き合う。
na.ga.ne.n.shi.go.to.de./tsu.ki.a.u.
多年來在工作上有往來。

✽ あの人とは付き合わないほうがいいよ。
a.no.hi.to.to.wa./tsu.ki.a.wa.na.i.ho.u.ga./i.i.yo.
最好少和那個人往來。

191

食べすぎだ。

ta.be.su.gi.da.

吃太多。

說　明

「～すぎだ」是「太多」「超過」的意思，前面加上了動詞，就是該動作已經超過正常的範圍了。如「テレビ見すぎだ」就是太常看電視了。

會　話

A：アイス、もっと食べたいなあ。

a.i.su./mo.tto.ta.be.ta.i.na.a.

好想再多吃一些冰淇淋喔！

B：だめ！もう食べ過ぎだよ。

da.me./mo.u.ta.be.su.gi.da.yo.

不可以！你已經吃太多了。

應用句子

✽ 言い過ぎだ。

i.i.su.gi.da.

說得太過份了。

✽ 髪の毛が長すぎる。

ka.mi.no.ke.ga./na.ga.su.gi.ru.

頭髮太長了。

MP3 192

たまらない。

ta.ma.ra.na.i.

受不了。／忍不住。

說　明

「たまらない」有正反兩面的意思，一方面用來對於事情無法忍受；另一方面則是十分喜愛，忍不住發出讚嘆。

會　話

A：立(た)てるか？

ta.te.ru.ka.

站得起來嗎？

B：無理(むり)だ！足(あし)が痛(いた)くてたまらない。

mu.ri.da./a.shi.ga.i.ta.ku.te./ta.ma.ra.na.i.

不行！腳痛得受不了。

應用句子

* 寂(さび)しくてたまらない。

  sa.bi.shi.ku.te./ta.ma.ra.na.i.

  寂寞得受不了。

* 好(す)きで好(す)きでたまらない。

  su.ki.de./su.ki.de./ta.ma.ra.na.i.

  喜歡得不得了。

Chapter 7 個人喜好篇

いい。

i.i.

好。

說　明

覺得一件事物很好，可以在該名詞前面加上「いい」，來表示自己的正面評價。除了形容事物之外，也可以用來形容人的外表、個性。

會　話

A：飲（の）みに行（い）かない？

no.mi.ni.i.ka.na.i.

要不要去喝一杯？

B：いいよ。

i.i.yo.

好啊。

應用句子

✽いいです。

i.i.de.su.

好啊。

✽これでいいですか？

ko.re.de.i.i.de.su.ka.

這樣可以嗎？

✽いい人（ひと）です。

i.i.hi.to.de.su.

是好人。

MP3 194

待ち遠しい。

ma.chi.do.o.shi.i.

迫不及待。

説明

「待ち遠しい」帶有「等不及」的意思，也就是期待一件事物，十分的心急，但是時間又還沒到，既焦急又期待的感覺。

會話

A：給料日が待ち遠しいなあ。

kyu.u.ryo.u.bi.ga./ma.chi.do.o.shi.i.na.a.

真想快到發薪水的日子。

B：そうだよ。

so.u.da.yo.

就是説啊。

應用句子

✽ 彼の帰りが待ち遠しい。

ka.re.no.ka.e.ri.ga./ma.chi.do.o.shi.i.

真希望他快回來。

✽ 夜の明けるのが待ち遠しい。

yo.ru.no.a.ke.ru.no.ga./ma.chi.do.o.shi.i.

等不及想看到天亮。

苦手(にがて)。

ni.ga.te.

不喜歡。／不擅長。

說　明

當對於一件事不拿手，或是束手無策的時候，可以用這個關鍵字來表達。另外像是不敢吃的東西、害怕的人……等，也都可以用這個字來形容。

會話一

A：わたし、運転(うんてん)するのはどうも苦手(にがて)だ。

wa.ta.shi./u.n.te.n.su.ru.no.wa./do.u.mo.ni.ga.te.da.

我實在不太敢開車。

B：わたしも。怖(こわ)いから。

wa.ta.shi.mo./ko.wa.i.ka.ra.

我也是，因為很可怕。

會話二

A：泳(およ)がないの？

o.yo.ga.na.i.no.

你不游嗎？

B：わたし、水(みず)が苦手(にがて)なんだ。

wa.ta.shi./mi.zu.ga.ni.ga.te.na.n.da.

我很怕水。

MP3 196

よくない。

yo.ku.na.i.

不太好。

說明

日本人講話一向都以委婉、含蓄為特色，所以在表示與別人不同的意見時，也不會直說。要是覺得不妥的話，很少直接說「だめ」，而是會用「よくない」來表示。若是講這句話時語尾的音調提高，則是詢問對方覺得如何的意思。

會 話

A：見(み)て、このワンピース。これよくない？

mi.te./ko.no.wa.n.pi.i.su./ko.re.yo.ku.na.i.

你看，這件洋裝，不是很棒嗎？

B：うん…。まあまあだなあ。

u.n./ma.a.ma.a.da.na.a.

嗯，還好吧！

應用句子

✽ 盗撮(とうさつ)はよくないよ。

to.u.sa.tsu.wa./yo.ku.na.i.yo.

偷拍是不好的行為喔！

✽ 一人(ひとり)で行(い)くのはよくないですか？

hi.to.ri.de.i.ku.no.wa./yo.ku.na.i.de.su.ka.

一個人去不好嗎？

できない。

de.ki.na.i.

辦不到。

說　明

「できる」是辦得到的意思，而「できない」則是否定形，也就是辦不到的意思。用這兩句話，可以表示自己的能力是否能夠辦到某件事。

會話一

A：一人(ひとり)でできないよ、手伝(てつだ)ってくれない？

ih.to.ri.de./de.ki.na.i.yo./te.tsu.da.tte.ku.re.na.i.

我一個人辦不到，你可以幫我嗎？

B：いやだ。

i.ya.da.

不要。

會話二

A：ちゃんと説明(せつめい)してくれないと納得(なっとく)できません。

cha.n.to./se.tsu.me.i.shi.te.ku.re.na.i.to./na.tto.ku.de.ki.ma.se.n.

你不好好說明的話，我沒有辦法接受。

B：分(わ)かりました。では、このレポートを見(み)てください…。

wa.ka.ri.ma.shi.ta./de.wa./ko.no.re.po.o.to.o./mi.te.ku.da.sa.i.

了解。那麼，就請你看看這份報告。

面白そうです。

o.mo.shi.ro.so.u.de.su.

好像很有趣。

說明

「面白い」是有趣的意思，而「そう」則是「好像」之意。在聽到別人的形容或是自己看到情形時，可以用「そう」來表示自己的看法或推測。

會話

A：みんなで紅葉狩りに行きましょうか？

mi.n.na.de./mo.mi.ji.ka.ri.ni./i.ki.ma.sho.u.ka.

大家要不要一起去賞楓呢？

B：面白そうですね。

o.mo.shi.ro.so.u.de.su.ne.

好像很有趣呢！

應用句子

✽おいしそう！

o.i.shi.so.u.

好像很好吃。

✽難しそうです。

mu.zu.ka.shi.so.u.de.su.

好像很難。

✽お役に立てそうにもありません。

o.ya.ku.ni./ta.te.so.u.ni.mo./a.ri.ma.se.n.

看來一點都沒用。／看來幫不上忙。

好(す)きです。

su.ki.de.su.

喜歡。

說明

無論是對於人、事、物，都可用「好き」來表示自己很中意這樣東西。用在形容人的時候，有時候也有「愛上」的意思，要注意使用的對象喔！

會話

A：作家(さっか)で一番(いちばん)好(す)きなのは誰(だれ)ですか？

sa.kka.de./i.chi.ba.n.su.ki.na.no.wa./da.re.de.su.ka.

你最喜歡的作家是誰？

B：奥田英朗(おくだひでお)が大好(だいす)きです。

o.ku.da.hi.de.o.ga./da.i.su.ki.de.su.

我很喜歡奧田英朗。

應用句子

✽ 愛(あい)ちゃんのことが好(す)きだ！

a.i.cha.n.no.ko.to.ga./su.ki.da.

我喜歡小愛。

✽ 日本料理(にほんりょうり)が大好き！

ni.ho.n.ryo.u.ri.ga./da.i.su.ki.

我最喜歡日本菜。

✽ 泳(およ)ぐことが好(す)きです。

o.yo.gu.ko.to.ga./su.ki.de.su.

我喜歡游泳。

MP3 200

嫌（きら）いです。

ki.ra.i.de.su.

不喜歡。

説明

相對於「好き」，「嫌い」則是討厭的意思，不喜歡的人、事、物，都可以用這個關鍵字來形容。

會話

A：苦手（にがて）なものは何（なん）ですか？

ni.ga.te.na.mo.no.wa./na.n.de.su.ka.

你不喜歡什麼東西？

B：虫（むし）です。わたしは虫（むし）が嫌（きら）いです。

mu.shi.de.su./wa.ta.shi.wa./mu.shi.ga./ki.ra.i.de.su.

昆蟲。我討厭昆蟲。

應用句子

✻ 負（ま）けず嫌（ぎら）いです。

ma.ke.zu.gi.ra.i.de.su.

好強。／討厭輸。

✻ おまえなんて大嫌（だいきら）いだ！

o.ma.e.na.n.te./da.i.ki.ra.i.da.

我最討厭你了！

うまい。

u.ma.i.

好吃。／很厲害。

説　明

覺得東西很好吃的時候，除了用「おいしい」之外，男性朋友也可以用「うまい」這個字。另外形容人做事做得很好，例如歌唱得很好、球打得很好等，都可以用這個字來形容。

會話一

A：いただきます。わあ！このトンカツ、うまい！

i.ta.da.ki.ma.su./wa.a./ko.no.to.n.ka.tsu./u.ma.i.

開動了！哇，這炸豬排好好吃！

B：ありがとう。

a.ri.ga.to.u.

謝謝。

會話二

A：この歌手（かしゅ）、歌（うた）がうまいですね。

ko.no.ka.shu./u.ta.ga./u.ma.i.de.su.ne.

這位歌手唱得真好耶！

B：そうですね。

so.u.de.su.ne.

對啊。

MP3 202

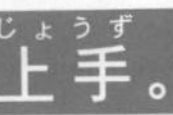

jo.u.zu.

很拿手。

說　明

事情做得很好的意思，「～が上手です」就是很會做某件事的意思。另外前面提到稱讚人很厲害的「うまい」這個字，比較正式有禮貌的講法就是「上手です」。

會　話

A：日本語が上手ですね。
ni.ho.n.go.ga./jo.u.zu.de.su.ne.
你的日文真好呢！

B：いいえ、まだまだです。
i.i.e./ma.da.ma.da.de.su.
不，還差得遠呢！

應用句子

✽字が上手ですね。
ji.ga./jo.u.zu.de.su.ne.
字寫得真漂亮。

✽お上手を言う。
o.jo.u.zu.o.i.u.
說得真好。／真會說。

MP3 203

下手。

he.ta.

不擅長。／笨拙。

說　明

事情做得不好，或是雖然用心做，還是表現不佳的時候，就會用這個關鍵字來形容，也可以用來謙稱自己的能力尚不足。

會　話

A：前田さんの趣味は何ですか？

ma.e.da.sa.n.no.shu.mi.wa./na.n.de.su.ka.

前田先生的興趣是什麼？

B：絵が好きですが、下手の横好きです。

e.ga.su.ki.de.su.ga./he.ta.no.yo.ko.zu.ki.de.su.

我喜歡畫畫，但還不太拿手。

應用句子

✽ 料理が下手だ。

ryo.u.ri.ga./he.ta.da.

不會作菜。

✽ 下手な言い訳はよせよ。

he.ta.na.i.i.wa.ke.wa./yo.se.yo.

別說這些爛理由了。

MP3 204

言(い)いにくい。

i.i.ni.ku.i.

很難說。

說明

「～にくい」是表示「很難～」的意思，「～」的地方可以放上動詞。像是「分かりにくい」就是「很難懂」的意思，而「みにくい」就是「很難看」的意思。

會話

A：大変(たいへん)言(い)いにくいんですが。

ta.i.he.n./i.i.ni.ku.i.n.de.su.ga.

真難說出口。

B：なんですか？どうぞおっしゃってください。

na.n.de.su.ka./do.u.zo.o.sha.tte.ku.da.sa.i.

什麼事？請說吧！

應用句子

✿ 食(た)べにくいです。

ta.be.ni.ku.i.de.su.

真不方便吃。

✿ 住(す)みにくい町(まち)だ。

su.mi.ni.ku.i.ma.chi.da.

不適合居住的城市。

分かりやすい。
wa.ka.ri.ya.su.i.
很容易懂。

說 明

「～やすい」就是「很容易～」的意思，「～」的地方可以放上動詞。例如「しやすい」就是很容易做到的意思。

會 話

A：この辞書がいいと思う。
ko.ni.ji.sho.ga.i.i.to./o.mo.u.
我覺得這本字典很棒。

B：本当だ。なかなか分かりやすいね。
ho.n.to.u.da./na.ka.na.ka./wa.ka.ri.ya.su.i.ne.
真的耶！很淺顯易懂。

應用句子

✿ この掃除機は使いやすいです。
ko.no.so.u.ji.ki.wa./tsu.ka.i.ya.su.i.de.su.
這臺吸塵器用起來很方便。

✿ 他人を信じやすい性格。
ta.ni.n.o./shi.n.ji.ya.su.i./se.i.ka.ku.
容易相信別人的個性。

MP3 206

気(き)に入(い)って。

ki.ni.i.tte.

很中意。

説 明

在談話中，要表示自己對很喜歡某樣東西、很在意某個人、很喜歡做某件事時，都能用這個關鍵字來表示。

會 話

A：これ、手作(てづく)りの手袋(てぶくろ)です。気(き)に入(い)っていただけたらうれしいです。

ko.re./te.tsu.ku.ri.no./te.bu.ku.ro.de.su./ki.ni.i.tte.i.ta.da.ke.ta.ra./u.re.shi.i.de.su.

這是我自己做的手套。希望你喜歡。

B：ありがとう。かわいいです。

a.ri.ga.to.u./ka.wa.i.i.de.su.

謝謝。真可愛。

應用句子

✽気(き)に入(い)ってます。

ki.ni.i.tte.ma.su.

中意。

✽そんなに気(き)に入(い)ってない。

so.n.na.ni./ki.ni.i.tte.na.i.

不是那麼喜歡。

Chapter
8
忠告建議篇

しないで。

shi.na.i.de.

不要這做樣做。

說　明

「しないで」是表示禁止的意思，也就是請對方不要進行這件事的意思。若是聽到對方說這句話，就代表己經受到警告了。

會　話

A：ね、一緒に遊ばない？

ne./i.ssho.ni.a.so.ba.na.i.

要不要一起來玩？

B：今勉強中なの、邪魔しないで。

i.ma./be.n.kyo.u.chu.u.na.no./ja.ma.shi.na.i.de.

我正在念書，別煩我！

應用句子

✽ 誤解しないで。

go.ka.i.shi.na.i.de.

別誤會。

✽ くよくよしないで。

ku.yo.ku.yo.shi.na.i.de.

別發愁了。

✽ 心配しないでください。

shi.n.pa.i.shi.na.i.de./ku.da.sa.i.

別擔心。

 208

気にしない。

ki.ni.shi.na.i.

別在意。

説　明

「気にする」是在意的意思，「気にしない」是其否定形，也就是不在意的意思，用來叫別人不要在意，別把事情掛在心上。另外也用來告訴對方，自己並不在意，請對方不用感到不好意思。

會　話

A：また失敗しちゃった。

ma.ta./shi.ppa.i.shi.cha.tta.

又失敗了！

B：気にしない、気にしない。

ki.ni.shi.na.i./ki.ni.shi.na.i.

別在意，別在意。

應用句子

✽わたしは気にしない。

wa.ta.shi.wa./ki.ni.shi.na.i.

我不在意。／沒關係。

✽誰も気にしない。

da.re.mo.ki.ni.shi.na.i.

沒人注意到。

✽気にしないでください。

ki.ni.shi.na.i.de./ku.da.sa.i.

請別介意。

だめ。

da.me.

不行。

說　明

這個關鍵字和「しないで」一樣，也是禁止的意思，但是語調更強烈。此外也可以用形容一件事情已經無力回天，再怎麼努力都是枉然的意思。

會　話

A：ここに座(すわ)ってもいい？

ko.ko.ni./su.wa.tte.mo.i.i.

可以坐這裡嗎？

B：だめ！

da.me.

不行！

應用句子

✽ だめです！

da.me.de.su.

不可以。

✽ だめだ！

da.me.da.

不准！／沒有用。

✽ だめ人間(にんげん)。

da.me.ni.n.ge.n.

沒用的人。

MP3 210

気をつけて。

ko.o.tsu.ke.te.

小心。

説明

想要叮嚀、提醒對方的時候使用，這句話有請對方小心的意思。但也有「給我打起精神！」「注意！」的意思。

會話

A：行ってきます。

i.tte.ki.ma.su.

我出門囉！

B：行ってらっしゃい。車に気をつけてね。

i.tte.ra.sha.i./ku.ru.ma.ni./ki.o.tsu.ke.te.ne.

慢走，小心車子喔。

應用句子

✱ 熱いから気をつけてね。

a.tsu.i.ka.ra./ki.o.tsu.ke.te.ne.

小心燙。

✱ 気をつけてください。

ki.o.tsu.ke.te./ku.da.sa.i.

請小心。

✱ 気をつけなさい。

ki.o.tsu.ke.na.sa.i.

請注意。

任(まか)せて。

ma.ka.se.te.

交給我。

説　明

被交付任務，或者是請對方安心把事情給自己的時候，可以用這句話來表示自己很有信心可以把事情做好。

會　話

A：仕事(しごと)をお願(ねが)いしてもいいですか？

shi.go.to.o./o.ne.ga.i.shi.te.mo./i.i.de.su.ka.

可以請你幫我完成工作嗎？

B：任(まか)せてください。

ma.ka.se.te./ku.da.sa.i.

交給我吧。

應用句子

✽いいよ、任(まか)せて！

i.i.yo./ma.ka.se.te.

好啊，交給我。

✽運(うん)を天(てん)に任(まか)せて。

u.n.o./te.n.ni.ma.ka.se.te.

命運就交給上天決定吧！

MP3 212

頑張(がんば)って。

ga.n.ba.tte.

加油。

説明

為對方加油打氣，請對方加油的時候，可以用這句話來表示自己支持的心意。

會話

A：今日(きょう)から仕事(しごと)を頑張(がんば)ります。
kyo.u.ka.ra./shi.go.to.o./ga.n.ba.ri.ma.su.
今天工作上也要加油！

B：うん、頑張(がんば)って！
u.n./ga.n.ba.tte.
嗯，加油！

應用句子

✽頑張(がんば)ってください。
ga.n.ba.tte./ku.da.sa.i.
請加油。

✽頑張(がんば)ってくれ！
ga.n.ba.tte.ku.re.
給我努力點！

時間(じかん)ですよ。

ji.ka.n.de.su.yo.

時間到了。

說　明

這句話是「已經到了約定的時間了」的意思。有提醒自己和提醒對方的意思，表示是時候該做某件事了。

會　話

A：もう時間(じかん)ですよ。行(い)こうか。
mo.u.ji.ka.n.de.su.yo./i.ko.u.ka.
時間到了，走吧！

B：ちょっと待(ま)って。
cho.tto.ma.tte.
等一下。

應用句子

✽もう寝(ね)る時間(じかん)ですよ。
mo.u./ne.ru.ji.ka.n.de.su.yo.
睡覺時間到了。

✽もう帰(かえ)る時間(じかん)ですよ。
mo.u./ka.e.ru.ji.ka.n.de.su.yo.
回家時間到了。

MP3 214

案内。

a.n.na.i.

介紹。

說　明

在日本旅遊時，常常可以看到「案內所」這個字，就是「詢問處」「介紹處」的意思。要為對方介紹，或是請對方介紹的時候，就可以用「案內」這個關鍵字。

會　話

A：よろしかったら、ご案内（あんない）しましょうか？

yo.ro.shi.ka.tta.ra./go.a.n.na.i./shi.ma.sho.u.ka.

可以的話，讓我幫你介紹吧！

B：いいですか？じゃ、お願（ねが）いします。

i.i.de.su.ka./ja./o.ne.ga.i.shi.ma.su.

這樣好嗎？那就麻煩你了。

應用句子

✽ 道（みち）をご案内（あんない）します。

mi.chi.o./go.a.n.na.i.shi.ma.su.

讓我來告知路怎麼走。

✽ 案内（あんない）してくれませんか？

a.n.na.i.shi.te./ku.re.ma.se.n.ka.

可以幫我介紹嗎？

友達でいよう。

to.mo.da.chi.de.i.yo.u.

繼續當朋友就好。

説明

「～でいよう」就是想繼續處於某一種狀態。像是「友達でいよう」就是保持普通朋友的狀態就好，不想再進一步交往的意思。

會話

A：藍ちゃんのことが好きだ！

a.i.cha.n.no.ko.to.ga./su.ki.da.

我喜歡小藍。

B：ごめん、やっぱり友達でいようよ。

go.me.n./ya.ppa.ri./to.mo.da.chi.de.i.yo.u.yo.

對不起，還是當朋友就好。

應用句子

✽ 笑顔でいようよ。

e.ga.o.de.i.yo.u.yo.

要保持笑容。

✽ 健康でいようよ。

ke.n.ko.u.de.i.yo.u.yo.

要保持健康。

MP3 216

危ない！

ba.bu.na.i.

危險！／小心！

說　明

遇到危險的狀態的時候，用這個關鍵字可以提醒對方注意。另外過去式的「危なかった」也有「好險」的意思，用在千鈞一髮的狀況。

會　話

A：危ないよ、近寄らないで。

a.bu.na.i.yo./chi.ka.yo.ra.na.i.de.

很危險，不要靠近。

B：分かった。

wa.ka.tta.

我知道了。

應用句子

✽ 不況で会社が危ない。

fu.kyo.u.de./ka.i.sha.ga./a.bu.na.i.

不景氣的關係，公司的狀況有點危險。

✽ 道路で遊んでは危ないよ。

do.ro.u.de./a.so.n.de.wa./a.bu.na.i.yo.

在路上玩很危險。

✽ 危ないところを助けられた。

a.bu.na.i.to.ko.ro.o./ta.su.ke.ra.re.ta.

在千鈞一髮之際得救了。

やめて。

ya.me.te.

停止。

說明

要對方停止再做一件事的時候，可以用這個關鍵字來制止對方。但是通常會用在平輩或晚輩身上，若是對尊長說的時候，則要說「勘弁してください」。

會話

A：変な虫を見せてあげる。

he.n.na.mu.shi.o./mi.se.te.a.ge.ru.

給你看隻怪蟲。

B：やめてよ。気持ち悪いから。

ya.me.te.yo./ki.mo.chi.wa.ru.i.ka.ra.

不要這樣，很噁心耶！

應用句子

✽やめてください。

ya.me.te.ku.da.sa.i.

請停止。

✽まだやめてない？

ma.da./ya.me.te.na.i.

還不放棄嗎？

MP3 218

しなさい。

shi.na.sa.i.

請做。

說 明

要命令別人做什麼事情的時候，用這個關鍵字表示自己強硬的態度。通常用在熟人間，或長輩警告晚輩時。

會 話

A：洗濯(せんたく)ぐらいは自分(じぶん)でしなさいよ。
se.n.ta.ku.gu.ra.i.wa./ji.bu.n.de.shi.na.sa.i.yo.
洗衣服這種小事麻煩你自己做。

B：はいはい、分(わ)かった。
ha.i.ha.i./wa.ka.tta.
好啦好啦，我知道了。

應用句子

✽しっかりしなさいよ。
shi.kka.ri.shi.na.sa.i.yo.
請振作點。

✽早(はや)くしなさい。
ha.ya.ku.shi.na.sa.i.
請快點。

✽ちゃんとしなさい。
cha.n.to.shi.na.sa.i.
請好好做。

ちゃんと。

cha.n.to.

好好的。

説　明

要求對方好好做一件事情的時候，就會用「ちゃんと」來表示。另外按部就班仔細的完成事情時，也可以用這個關鍵字來形容。

會　話

A：前を向いてちゃんと座りなさい。
ma.e.o.mu.i.te./cha.n.to./su.wa.ri.na.sa.i.
請面向前坐好。

B：はい。
ha.i.
好。

應用句子

✽ちゃんと仕事をしなさい。
cha.n.to./shi.go.to.o./shi.na.sa.i.
請好好工作。

✽用意はちゃんとできている。
yo.u.i.wa./cha.n.to./de.ki.te.i.ru.
準備得很週全。

MP3 220

かんが
考えすぎないほうがいいよ。

ka.n.ga.e.su.gi.na.i./ho.u.ga.i.i.yo.

別想太多比較好。

説　明

「～ほうがいい」帶有勸告的意思，就像中文裡的「最好～」。要提出自己的意見提醒對方的時候，可以用這個句子。

會　話

A：あまり考(かんが)えすぎないほうがいいよ。
a.ma.ri./ka.n.ga.e.su.gi.na.i./ho.u.ga.i.i.yo.
不要想太多比較好。

B：うん、なんとかなるからね。
u.n./na.n.to.ka.na.ru.ka.ra.ne.
嗯，船到橋頭自然直嘛。

應用句子

✽ 食(た)べすぎないほうがいいよ。
ta.be.su.gi.na.i./ho.u.ga.i.i.yo.
最好別吃太多。

✽ 行(い)かないほうがいいよ。
i.ka.na.i./ho.u.ga.i.i.yo.
最好別去。

✽ 言(い)ったほうがいいよ。
i.tta./ho.u.ga.i.i.yo.
最好説出來。

やってみない？

ya.tte.mi.na.i.

要不要試試？

説明

建議對方要不要試試某件事情的時候，可以用這個句子來詢問對方的意願。

會話

A：大きい仕事の依頼が来たんだ。やってみない？
o.o.ki.i.shi.go.to.no.i.ra.i.ga./ki.ta.n.da./ya.tte.mi.na.i.
有件大工程，你要不要試試？

B：はい、是非やらせてください。
ha.i./ze.hi.ya.ra.se.te./ku.da.sa.i.
好的，請務必交給我。

應用句子

✽ 食べてみない？
ta.be.te.mi.na.i.
要不要吃吃看？

✽ してみない？
shi.te.mi.na.i.
要不要試試看？

MP3 222

あげる。

a.ge.ru.

給你。

説　明

「あげる」是給的意思，「〜てあげる」是「我幫你做〜吧！」的意思，帶有上對下講話的感覺。

會話一

A：これ、あげるわ。

ko.re./a.ge.ru.wa.

這給你。

B：わあ、ありがとう。

wa.a./a.ri.ga.to.u.

哇，謝謝。

會話二

A：もっと上手（じょうず）になったら、ピアノを買（か）ってあげるよ。

mo.tto.jo.u.zu.ni./na.tta.ra./pi.a.no.o./ka.tte.a.ge.ru.yo.

要是你彈得更好了，我就買鋼琴給你。

B：うん、約束（やくそく）してね。

u.n./ya.ku.so.ku.shi.te.ne.

嗯，一言為定喔！

落ち着いて。

o.chi.tsu.i.te.

冷靜下來。

說 明

當對方心神不定，或是怒氣沖沖的時候，要請對方冷靜下來好好思考，可以說「落ち着いて」而小朋友坐立難安，跑跑跳跳時，也可以用這句話請他安靜下來。此外也帶有「落腳」「平息下來」的意思。

會 話

A：もう、これ以上我慢できない！
mo.u./ko.re.i.jo.u./ga.ma.n.de.ki.na.i.
我忍無可忍了！

B：落ち着いてよ。怒っても何も解決しないよ。
o.chi.tsu.i.te.yo./o.ko.tte.mo./na.ni.mo./ka.i.ke.tsu.shi.na.i.yo.
冷靜點，生氣也不能解決問題啊！

應用句子

✿落ち着いて話してください。
o.chi.tsu.i.te./ha.na.shi.te.ku.da.sa.i.
冷靜下來慢慢說。

✿田舎に落ち着いてもう五年になる。
i.na.ka.ni./o.chi.tsu.i.te./mo.u.go.ne.n.ni.na.ru.
在鄉下落腳已經要五年了。

✿世の中が落ち着いてきた。
yo.no.na.ka.ga./o.chi.tsu.i.te.ki.ta.
社會安定下來了。

MP3 224

出(だ)して。

da.shi.te.

提出。

說　明

「出して」是交出作業、物品的意思，但也可以用在無形的東西，像是勇氣、信心、聲音……等。

會　話

A：ガイド試験(しけん)を受(う)けましたが、落(お)ちました。

ga.i.do.shi.ke.n.o./u.ke.ma.shi.ta.ga./o.chi.ma.shi.ta.

我去參加導遊考試，但沒有合格。

B：元気(げんき)を出(だ)してください。

ge.n.ki.o./da.shi.te./ku.da.sa.i.

打起精神來。

應用句子

✽勇気(ゆうき)を出(だ)して。

yu.u.ki.o./da.shi.te.

拿出勇氣來。

✽声(こえ)を出(だ)して。

ko.e.o./da.shi.te.

請大聲一點。

Chapter
9
談天說地篇

みたい。

mi.ta.i.

像是。

説明

根據所看到、聽到的情報，有了一些聯想，而要表示心中的推測時，就用「みたい」來表達自己的意見。

會話

A：今日(きょう)はいい天気(てんき)ですね。

kyo.u.wa./i.i.te.n.ki.de.su.ne.

今天天氣真好呢！

B：そうですね。暖(あたた)かくて春(はる)みたいです。

so.u.de.su.ne./a.ta.ta.ka.ku.te./ha.ru.mi.ta.i.de.su.

對啊，暖呼呼的就像春天一樣。

應用句子

✽ 子供(こども)みたいなことを言(い)うな。

ko.do.mo.mi.ta.i.na.ko.to.o./i.u.na.

別説這麼孩子氣的話！

✽ 顔(かお)が女(おんな)みたい。

ka.o.ga./o.n.na.mi.ta.i.

臉很像女的。

✽ この仕事(しごと)のために生(う)まれてきたみたいだね。

ko.no.shi.go.to.no.ta.me.ni./u.ma.re.te.ki.ta./mi.ta.i.da.ne.

好像專為這個工作而生一樣。

MP3 226

したい。

shi.ta.i.

想做。

說　明

想要做一件事情的時候，會用「したい」這個關鍵字，要是看到別人在做一件事的時候，自己也想加入，可以用這句話來表達自己的意願。

會　話

A：将来(しょうらい)、何(なに)がしたいの？

sho.u.ra.i./na.ni.ga.shi.ta.i.no.

你將來想做什麼？

B：高校(こうこう)に入(はい)ったばかりでそんな先(さき)のことを考(かんが)えていないよ。

ko.u.ko.u.ni./ha.i.tta.ba.ka.ri.de./so.n.na.sa.ki.no.ko.to.o./ka.n.ga.e.te.i.na.i.yo.

我才剛進高中，還沒想那麼遠。

應用句子

✽応援(おうえん)したい。

o.u.e.n.shi.ta.i.

想要支持。

✽参加(さんか)したいんですが。

sa.n.ka.shi.ta.i.n.de.su.ga.

我想參加可以嗎？

✽バスケがしたいです。

ba.su.ke.ga.shi.ta.i.de.su.

想打籃球。

食べたい。

ta.be.ta.i.

想吃。

說明

和「したい」的用法相同，只是這個句型是在「たい」前面加上動詞，來表示想做的事情是什麼，比如「食べたい」就是想吃的意思。

會話

A：今日は暑かった！さっぱりしたものを食べたい。
kyo.u.wa./a.tsu.ka.tta./sa.ppa.ri.shi.ta.mo.no.o./ta.be.ta.i.
今天真熱！我想吃些清爽的食物。

B：わたしも！
wa.ta.shi.mo.
我也是。

應用句子

✿お酒を飲みたいです。
o.sa.ke.o./no.mi.ta.i.de.su.
想喝酒。

✿焼肉を食べたいです。
ya.ki.ni.ku.o./ta.be.ta.i.de.su.
想吃烤肉。

✿あの店に行きたいです。
a.no.mi.se.ni./i.ki.ta.i.de.su.
想去那家店。

MP3 228

してみたい。

shi.te.mi.ta.i.

想試試。

說　明

表明對某件事躍躍欲試的狀態，可以用「してみたい」來表示自己想要參與。

會　話

A：一人旅（ひとりたび）をしてみたいなあ。

hi.to.ri.ta.bi.o./shi.te.mi.ta.i.na.a.

想試試看一個人旅行。

B：わたしも。

wa.ta.shi.mo.

我也是。

應用句子

✽ 参加（さんか）してみたい。

sa.n.ka.shi.te.mi.ta.i.

想參加看看。

✽ 体験（たいけん）してみたいです。

ta.i.ke.n.shi.te.mi.ta.i.de.su.

想體驗看看。

なんとか。

na.n.to.ka.

總會。／什麼。

說明

「なんとか」原本的意思是「某些」「之類的」之意，在會話中使用時，是表示事情「總會有些什麼」「總會有結果」的意思。

會話

A：明日はテストだ。勉強しなくちゃ。

a.shi.ta.wa.te.su.to.da./be.n.kyo.u.shi.na.ku.cha.

明天就是考試了，不用功不行。

B：なんとかなるから、大丈夫だ。

na.n.to.ka.na.ru.ka.ra./da.i.jo.u.bu.da.

船到橋到自然直，自然有辦法的，沒關係。

應用句子

✽ なんとかしなければならない。

na.n.to.ka./shi.na.ke.re.ba./na.ra.na.i.

不做些什麼不行。

✽ なんとか言えよ！

na.n.to.ka./i.e.yo.

說些什麼吧！

✽ なんとか間に合います。

na.n.to.ka./ma.ni.a.i.ma.su.

總算來得及。

MP3 230

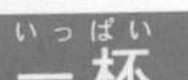

一杯（いっぱい）。

i.ppa.i.

一杯。／很多。

說　明

「一杯」就字面上和中文的「一杯」是相同的意思。但除此之外，這個關鍵字也有「很多」之意，例如「やることが一杯ある」表示要做的事有很多。也有「滿」的意思，「お腹一杯」，則是肚子已經很飽了。

會話一

A：もう一杯（いっぱい）どうですか？

mo.u./i.ppa.i.do.u.de.su.ka.

要不要再喝一杯？

B：いいですね。

i.i.de.su.ne.

好啊！

會話二

A：お腹（なか）が一杯（いっぱい）です。

o.na.ka.ga.i.ppa.i.de.su.

我好飽。

B：わたしも。

wa.ta.shi.mo.

我也是。

朝。

(あさ)

a.sa.

早上。

說　明

「朝」這個字，除了當名詞之外，套在名詞前面，就代表是早上的，如「朝ごはん」就是早餐的意思。

會　話

A：朝(あさ)ですよ。早(はや)く起(お)きなさい。

a.sa.de.su.yo./ha.ya.ku.o.ki.na.sa.i.

早上了，快起來。

B：はい。

ha.i.

好。

應用句子

✱ 朝(あさ)が早(はや)い。

a.sa.ga.ha.ya.i.

很早起。

✱ 朝(あさ)がつらい。

a.sa.ga.tsu.ra.i.

早上起不來。

MP3 232

ご飯(はん)。

go.ha.n.

飯。

説　明

民以食為天，這個關鍵字除了單純有「米飯」的意思之外，也可中文一樣，可以代表「餐」的意思。

會　話

A：ご飯(はん)ですよ。
go.ha.n.de.su.yo.
吃飯囉！

B：はい。
ha.i.
好。

應用句子

✽ご飯(はん)はまだ？
go.ha.n.wa./ma.da.
飯還沒煮好嗎？

✽ご飯(はん)をよそう。
go.ha.n.o./yo.so.u.
盛飯。

✽ご飯(はん)ができたよ。
go.ha.n.ga./de.ki.ta.yo.
飯菜準備好了。

ない。

na.i.

沒有。

說　明

要表示自己沒有某樣東西，或是沒有某些經驗時，可以用這個關鍵字表示。另外，這也是動詞否定的型式，所以聽到後面加了「ない」，多半就是否定的意思。較禮貌的說法是「ありません」。

會　話

A：あれっ、箸（はし）がない。

a.re./ha.shi.ga.na.i.

咦，沒筷子。

B：今（いま）、取（と）ってくる。

i.ma./to.tte.ku.ru.

我去幫你拿。

應用句子

✽ インクがない。

i.n.ku.ga.na.i.

沒墨水了。

✽ お金（かね）がありません。

o.ka.ne.ga./a.ri.ma.se.n.

沒錢。

MP3 234

ある。

a.ru.

有。

説 明

要表示自己有什麼東西，或有什麼樣的經驗時，另外，找到東西的時候，也可以用這個關鍵字來表示東西存在的意思。較禮貌的說法是「あります」。

會 話

A：この図書館(としょかん)には日本語(にほんご)の本(ほん)がたくさんある。

ko.no.to.sho.ka.n.ni.wa./ni.ho.n.go.no.ho.n.ga./ta.ku.sa.n.a.ru.

這個圖書館有很多日文書。

B：そうか。

so.u.ka.

這樣啊。

應用句子

✱ 話(はなし)があるの。

ha.na.shi.ga.a.ru.no.

有話要說。

✱ 問題(もんだい)があります。

mo.n.da.i.ga.a.ri.ma.su.

有問題。

番（ばん）。
ba.n.
輪到。

説 明

「番」這個字，除了有中文裡「號」的意思之外，也有「輪到誰」的意思，用來表示順序。

會 話

A：今日（きょう）の皿洗（さらあら）いは誰（だれ）の番（ばん）？
kyo.u.no./sa.ra.a.ra.i.wa./da.re.no.ba.n.
今天輪到誰洗碗？

B：隆子（たかこ）の番（ばん）だ。
ta.ka.ko.no.ba.n.da.
輪到隆子了。

應用句子

✽ わたしの番（ばん）です。
wa.ta.shi.no.ba.n.de.su.
輪到我了。

✽ 誰（だれ）の番（ばん）ですか？
da.re.no.ba.n.de.su.ka.
輪到誰了？

MP3 236

悪い。

wa.ru.i.

不好意思。／不好。

說明

「悪い」是不好的意思。可以用在形容人、事、物。但除此之外，向晚輩或熟人表示「不好意思」「抱歉」的意思之時，也可以用「悪い」來表示。

會話

A：みんな行くから、行こうよ。
mi.n.na.i.ku.ka.ra./i.ko.u.yo.
大家都會去耶，一起去嘛。

B：今日は仕事があって手が離せないんだ。悪い。
kyo.u.wa./shi.go.to.ga.a.tte./te.ga.ha.na.se.na.i.n.da./wa.ru.i.
因為今天工作很多抽不開身。對不起啦。

應用句子

✽ 心臓に悪いよ。
shi.n.zo.u.ni./wa.ru.i.yo.
對心臟不好。

✽ 悪い、もう一度やってくれないか？
wa.ru.i./mo.u.i.chi.do./ya.tte.ku.re.na.i.ka.
對不起，請再做一次。

✽ わたしが悪いです。
wa.ta.shi.ga./wa.ru.i.de.su.
是我不對。／都是我不好。

人違い。

hi.to.chi.ga.i.

認錯人。

說明

以為遇到朋友，出聲打招呼後卻意外發現原來自己認錯人了，這時就要趕緊說「人違いです」來化解尷尬。

會話

A：よかった。無事だったんだな。

yo.ka.tta./mu.ji.da.tta.n.da.na.

太好了，你平安無事。

B：えっ？

e.

什麼？

A：あっ、人違いでした。すみません。

a./hi.to.chi.ga.i.de.shi.ta./su.mi.ma.se.n.

啊，我認錯人了，對不起。

應用句子

✽ 声を掛けてはじめて人違いだと分かった。

ko.e.o.ka.ke.te.ha.ji.me.te./hi.to.chi.ga.i.da.to./wa.ka.tta.

出聲打招呼後才發覺認錯人了。

✽ 人違いだった。

hi.to.chi.ga.i.da.tta.

認錯人了。

MP3 238

間違（まちが）い。

ma.chi.ga.i.

搞錯。

說明

在搞錯、誤會的時候，要向對方表示弄錯了，可以用這個字來說明。

會話

A：大橋（おおはし）が犯人（はんにん）であることは間違（まちが）いない！

o.o.ha.shi.ga./ha.n.ni.n.de.a.ru.ko.to.wa./ma.chi.ga.i.na.i.

犯人一定就是大橋。

B：私（わたし）もそう思う。

wa.ta.shi.mo./so.u.o.mo.u.

我也這麼覺得。

應用句子

✽ それは何（なに）かの間違（まちが）いです。

so.re.wa./na.ni.ka.no./ma.chi.ga.i.de.su.

那是有什麼地方搞錯了。

✽ 間違（まちが）い電話（でんわ）です。

ma.chi.ga.i.de.n.wa.de.su.

打錯電話。

MP3 239

食事（しょくじ）。

sho.ku.ji.

餐。

說明

這個字是「吃飯」這件事較正式的說法，專指用餐這整件事情。

會話

A：お食事（しょくじ）でもいかがですか？

o.sho.ku.ji.de.mo./i.ka.ga.de.su.ka.

要不要去吃飯？

B：いいですよ。

i.i.de.su.yo.

好啊。

應用句子

✽ 今度食事（こんどしょくじ）でもいかがですか？

ko.n.do./sho.ku.ji.de.mo./i.ka.ga.de.su.ka.

下次一起吃飯好嗎？

✽ 一緒（いっしょ）に食事（しょくじ）しましょうか？

i.ssho.ni./sho.ku.ji.shi.ma.sho.u.ka.

要不要一起吃飯？

✽ 食事（しょくじ）はご用意（ようい）いたします。

sho.ku.ji.wa./go.yo.u.i./i.ta.shi.ma.su.

飯菜會為您準備好。

240

割り勘。

wa.ri.ka.n.

各付各的。

説明

「勘定」是付帳的意思，而「割り」則有分開的意思，合起來，就是各付各的，不想讓對方請客時，可以這個關鍵詞來表示。

會話

A：今回は割り勘にしようよ。
ko.n.ka.i.wa./wa.ri.ka.n.ni.shi.yo.u.yo.
今天就各付各的吧！

B：うん、いいよ。
u.n./i.i.yo.
好啊。

應用句子

✽ 今日は割り勘で飲もう。
kyo.u.wa./wa.ri.ka.n.de.no.mo.u.
今天喝酒就各付各的吧。

✽ 四人で割り勘にした。
yo.n.ni.n.de./wa.ri.ka.n.ni.shi.ta.
四個人平分付了帳。

払（はら）います。

a.ra.i.ma.su.

我付錢。

説　明

在結帳的時候，想要表明這餐由我來付的話，就可以說「払います」。

會　話

A：これはわたしが払（はら）います。
ko.re.wa./wa.ta.shi.ga./ha.ra.i.ma.su.
這餐我請客。

B：いいよ。僕（ぼく）がおごるから。
i.i.yo./bo.ku.ga./o.go.ru.ka.ra.
不用啦，我請客。

應用句子

✽クレジットカードで払（はら）います。
ku.re.ji.tto.ka.a.do.de./ha.ra.i.ma.su.
用信用卡付款。

✽割（わ）り勘（かん）で別々（べつべつ）に払（はら）いましょうか？
wa.ri.ka.n.de./be.tsu.be.tsu.ni./ha.ra.i.ma.sho.u.ka.
各付各的好嗎？

おごる。

o.go.ru.

我請客。

說 明

「おごる」是請客的意思。而「わたしがおごる」是我請客的意思；「おごってもらった」則是接受別人請客款待之意。

會 話

A：給料日（きゅうりょうび）まではちょっと…。
kyo.u.ryo.u.bi.ma.de.wa./cho.tto.
到發薪日之前手頭有點緊。

B：しょうがないなあ。わたしがおごるよ。
sho.u.ga.na.i.na.a./wa.ta.shi.ga.o.go.ru.yo.
真拿你沒辦法。那我請客吧！

應用句子

✱ 負（ま）けたらわたしが徳井（とくい）におごります。
ma.ke.ta.ra./wa.ta.shi.ga./to.ku.i.ni.o.go.ri.ma.su.
要是我輸了，就請你吧，德井。

✱ 今度（こんど）はわたしのおごる番（ばん）だ。
ko.n.do.wa./wa.ta.shi.no./o.go.ru.ba.n.da.
下次輪到我請了。

揃い。

so.ro.i.

同様的。／在一起。

說　明

「揃い」有「聚在一起」「相同」的意思。可以用在人，也可以用來表示相同或類似的物品。

會　話

A：ね、お揃いのペアリングがほしい。

ne./o.so.ro.i.no./pe.a.ri.n.gu.ga./ho.shi.i.

我想要買對戒。

B：うん、いいよ。

u.n./i.i.yo.

好啊。

應用句子

✽ マフラーと手袋と揃いのデザインだ。

ma.fu.ra.a.to./te.bu.ku.ro.to./so.ro.i.no.de.za.i.n.da.

和圍巾、手套是同款的設計。

✽ お揃いでいいですわね。

o.so.ro.i.de./i.i.de.su.wa.ne.

在一起真讓人羨慕啊！

MP3 244

メール。

me.e.ru.

電子郵件。

說　明

日本人所指的「メール」和我們一般電腦收發的電子郵件較不同的是，他們也泛指用手機收發的電子郵件和簡訊，在使用時需要多加留意對方指的是哪一種。

會　話

A：もう二度(にど)とメールしないで！
mo.u./ni.do.to./me.e.ru.shi.na.i.de.
不要再寄mail來了。

B：ごめん、許(ゆる)して！
go.me.n./yu.ru.shi.te.
對不起啦，原諒我。

應用句子

✽ メールの添付(てんぷ)ファイルで画像(がぞう)を送(おく)る。
me.e.ru.no./te.n.pu.fa.i.ru.de./ga.zo.u.o.o.ku.ru.
圖片隨附件寄送。

✽ メールアドレスを教(おし)えていただけませんか？
me.e.ru.a.do.re.su.o./o.shi.e.te./i.ta.da.ke.ma.se.n.ka.
可以告訴我你的電子郵件信箱嗎？

✽ またメールしてね。
ma.ta./me.e.ru.shi.te.ne.
請再寄mail給我。

大(たい)したもの。

ta.i.shi.ta.mo.no.

了不起。／重要的。

説明

「大した」有重要的意思，「大したもの」就帶有「重要的事」之意，引伸有稱讚別人是「成大器之材」「很厲害」的意思。

會話

A：お料理(りょうり)の腕(うで)は大(たい)したものですね。

o.ryo.u.ri.no.u.de.wa./ta.i.shi.ta.mo.no.de.su.ne.

烹飪的技術很好呢！

B：いいえ、まだまだです。

i.i.e./ma.da.ma.da.de.su.

不，我還差得遠呢！

應用句子

✽ 彼(かれ)の英語(えいご)は大(たい)したものではない。

ka.re.no.e.i.go.wa./ta.i.shi.ta.mo.no.de.wa.na.i.

他的英文沒那麼好。

✽ 大(たい)したものじゃないけど、頑張(がんば)って書(か)きました。

ta.i.shi.ta.mo.no.ja.na.i.ke.do./ga.n.ba.tte./ka.ki.ma.shi.ta.

雖然不是什麼大作，但是我努力完成的。

246

偶然。

gu.u.ze.n.

巧合。

説　明

在路上和人巧遇，或者是聊天時發覺有共同的經驗，就可以用「偶然ですね」來表示「還真巧啊！」的意思。

會　話

A：今日は妹の誕生日なんです。

kyo.u.wa./i.mo.u.to.no./ta.n.jo.u.bi.na.n.de.su.

今天是我妹的生日。

B：えっ、わたしも二十日生まれです。偶然ですね。

e./wa.ta.shi.mo.ha.tsu.ka.u.ma.re.de.su./gu.u.ze.n.de.su.ne.

我也是二十日生日耶！真巧。

應用句子

✽偶然だね。

gu.u.ze.n.da.ne.

真巧。

✽決して偶然ではない。

ke.sshi.te./gu.u.ze.n.de.wa.na.i.

覺對不是巧合。

✽偶然、ある考えが浮かんだ。

gu.u.ze.n./a.ru.ka.n.ga.e.ga./u.ka.n.da.

靈光一現。

お腹（なか）。

o.na.ka.

肚子。

說　明

肚子餓、肚子痛，都是用「お腹」，不特別指胃或是腸，相當於是中文裡的「肚子」。

會　話

A：ただいま。お腹（なか）がすいて死（し）にそう。

ta.da.i.ma./o.na.ka.ga.su.i.te./shi.ni.so.u.

我回來了，肚子餓到不行。

B：はい、はい。ご飯（はん）できたよ。

ha.i./ha.i./go.ha.n.de.ki.ta.yo.

好啦，飯菜已經作好了。

應用句子

✿お腹（なか）がすきました。

o.na.ka.ga./su.ki.ma.shi.ta.

肚子餓了。

✿お腹（なか）が一杯（いっぱい）です。

o.na.ka.ga./i.ppa.i.de.su.

很飽。

✿子供（こども）がお腹（なか）を壊（こわ）した。

ko.do.mo.ga./o.na.ka.o./ko.wa.shi.ta.

小朋友吃壞肚子了。

248

知(し)ってる。

shi.tte.ru.

知道。

說明

對方講的事情自己已經知道了，或是表明認識某個人，都可以用「知ってる」，在對話時，可以用來表示自己也了解對方正在討論的人或事。

會話

A：ね、知(し)ってる？インスタントコーヒーも缶(かん)コーヒーも日本人(にほんじん)が発明(はつめい)したのよ。

ne./shi.tte.ru./i.n.su.ta.n.to.ko.o.hi.i.mo./ka.n.ko.o.hi.i.mo./ni.ho.n.ji.n.ga./ha.tsu.me.i.shi.ta.no.yo.

你知道嗎？即溶咖啡和罐裝咖啡都是日本人發明的喔！

B：それわかるよ。

so.re.wa.ka.ru.yo.

我早就知道了。

應用句子

✽ 知(し)っていますか？

shi.tte.i.ma.su.ka.

知道嗎？

✽ 税金(ぜいきん)についても知(し)っておきたいですね。

ze.i.ki.n.ni.tsu.i.te.mo./shi.tte.o.ki.ta.i.de.su.ne.

也想要知道關於納稅的事情。

から。

ka.ra.

從。

説　明

「から」可以用在時間上，也可以用在空間上，要說明是從什麼地方或是什麼時間點開始的時候，可以使用。此外，這個字也用在說明原因。

會　話

A：純一(じゅんいち)、日本(にほん)に旅行(りょこう)するんだって？
ju.n.i.chi./ni.ho.n.ni./ryo.ko.u.su.ru.n.da.tte.
純一，聽說你要去日本旅行啊？

B：誰(だれ)から聞(き)いたの？
da.re.ka.ra./ki.i.ta.no.
你從哪兒聽來的？

應用句子

✿ 授業(じゅぎょう)は何時(なんじ)からですか？
ju.gyo.u.wa./na.n.ji.ka.ra.de.su.ka.
幾點開始上課？

✿ 暑(あつ)いから窓(まど)を開(あ)けなさい。
a.tsu.i.ka.ra./ma.do.o./a.ke.na.sa.i.
因為很熱，請打開窗戶。

MP3 250

まで。

ma.de.

到。

説　明

「まで」可以用在時間上，也可以用在空間上，要說明是到什麼地方或是什麼時間點為止的時候，可以使用。

會　話

A：やあ、どちらまで？

ya.a./do.chi.ra.ma.de.

你好，要去哪？

B：ええ、ちょっとそこまで。

e.e./cho.tto.so.ko.ma.de.

你好，去那邊一下。

應用句子

✱ 会議(かいぎ)は夜遅(よるおそ)くまで続(つづ)いた。

ka.i.gi.wa./yo.ru.o.so.ku.ma.de./tsu.zu.i.ta.

會議一直進行到很晚。

✱ 来年四月(らいねんしがつ)までに完成(かんせい)する予定(よてい)だ。

ra.i.ne.n.shi.ga.tsu.ma.de.ni./ka.n.se.i.su.ru./yo.te.i.da.

預計明年四月完成。

次。

tsu.gi.

下一個。

説　明

要表示「下一次」「下一個」的時候，就用這個關鍵字來表示，也可以用在叫「下一位」的時候。

會　話

A：長い行列だね。
na.ga.i.gyo.u.re.tsu.da.ne.
排得好長啊！

B：やめようか。次の機会にしよう。
ya.me.yo.u.ka./tsu.gi.no./ki.ka.i.ni.shi.yo.u.
這次算了吧，下次再來吧！

應用句子

✲ 次の電車に乗る。
tsu.gi.no.de.n.sha.ni./no.ru.
坐下一班火車。

✲ 次はわたしの順番だ。
tsu.gi.wa./wa.ta.shi.no./ju.n.ba.n.da.
接下來輪到我了。

MP3 252

秘密。

hi.mi.tsu.

秘密。

說　明

和人聊天時，要是自己說的這件事，是不能讓他人知道的，就可以向對方說「秘密です」，表示這件事可別輕易的說出去。

會話一

A：誰と付き合ってるの？

da.re.to./tsu.ki.a.tte.ru.no.

你和誰在交往？

B：ヒ、ミ、ツ。

hi.mi.tsu.

這是祕密。

會話二

A：正解は何番ですか？

se.i.ka.i.wa./na.n.ba.n.de.su.ka.

正確答案是幾號？

B：言えませんよ。それは秘密です。

i.e.ma.se.n.yo./so.re.wa./hi.mi.tsu.de.su.

不能說，那是祕密。

はっきり。

ha.kki.ri.

清楚的。

說明

「はっきり」可以用在事物的道理很明白、說話很清楚以及天氣很好的時候。

會話

A：あのう…。いや、何(なん)でもない。

a.no.u./i.ya./na.n.de.mo.na.i.

呃…，算了，沒事。

B：もじもじしないで、はっきり言(い)えよ。

mo.ji.mo.ji.shi.na.i.de./ha.kki.ri.i.e.yo.

不要扭扭捏捏的，快說清楚。

應用句子

✽原因(げんいん)はまだはっきりしない。

ge.n.i.n.wa./ma.da./ha.kki.ri.shi.na.i.

原因還不清楚。

✽はっきりしない天気(てんき)だね。

ha.kki.ri.shi.na.i.te.n.ki.da.ne.

不晴朗的天氣。

MP3 254

負け。

ma.ke.

認輸。

說明

在聊天時，要討論比賽的勝負時，就可以用「負け」這個字。另外如果要向對方低頭認輸，也是用這個字。

會話

A：まいったなあ。わたしの負け。

ma.i.tta.na.a./wa.ta.shi.no.ma.ke.

敗給你了，我認輸。

B：やった！

ya.tta.

耶！

應用句子

✱ 負けを認める。

ma.ke.o.mi.to.me.ru.

認輸。

✱ 負けちゃだめ！

ma.ke.cha.da.me.

不能輸！

✱ 負けないで。

ma.ke.na.i.de.

不要輸喔！

味方（みかた）。

mi.ka.ta.

夥伴。

說明

站在同一陣線，有共同看法的時候，可以用「味方」這個字。當想要告訴對方自己支持他的看法時，可以用這個字來表達。

會話

A：何（なに）があってもわたしはあなたの味方（みかた）よ。

na.ni.ga.a.tte.mo./wa.ta.shi.wa./a.na.ta.no.mi.ka.ta.yo.

不管發生什麼事，我都站在你這邊。

B：ありがとう！心強（こころづよ）くなった。

a.ri.ga.to.u./ko.ko.ro.zu.yo.ku.na.tta.

謝謝你，我覺得更有勇氣了。

應用句子

✽ 正義（せいぎ）の味方（みかた）。

se.i.gi.no.mi.ka.ta.

正義的使者。

✽ 味方（みかた）に裏切（うらぎ）られた。

mi.ka.ta.ni./u.ra.ki.ra.re.ta.

被同伴背叛了。

MP3 256

応援（おうえん）。

o.u.e.n.

支持。

說　明

在討論自己支持的球隊、選手的時候，可以用這個字來表示。另外當談話的對方要參加比賽的時候，也可以用「応援する」來表示自己會為他加油。

會　話

A：ずっと応援（おうえん）するよ。頑張（がんば）って！
zu.tto./o.u.e.n.su.ru.yo./ga.n.ba.tte.
我支持你，加油！

B：うん、頑張（がんば）るぞ。
u.n./ga.n.ba.ru.zo.
嗯，我會加油的。

應用句子

✱応援（おうえん）してください。
o.u.e.n.shi.te./ku.da.sa.i.
請幫我加油。

✱応援（おうえん）します。
o.u.e.n.shi.ma.su.
我支持你。

転勤することになった。

te.n.ki.n.su.ru.ko.to.ni./na.tta.

要調職了。

説　明

「ことになった」是表示一件事情木已成舟，通常這件事不是自己的意識可以決定的，多半是自然形成或是來自外界的力量。

會　話

A：わたし、来週から日本へ転勤することになったんです。
wa.ta.shi./ra.i.shu.u.ka.ra./ni.ho.n.e./te.n.ki.n.su.ru.ko.to.ni./na.tta.n.de.su.
我下星期要調職到日本了。

B：それは急ですね。とにかく体に気をつけてくださいね。
so.re.wa.kyu.u.de.su.ne./to.ni.ka.ku./ka.ra.da.ni./ki.o.tsu.ke.te./ku.da.sa.i.ne.
真是突然。總之要多保重身體喔！

應用句子

✽ 転職することになりました。
te.n.sho.ku.su.ru.ko.to.ni./na.ri.ma.shi.ta.
我要換工作了。

✽ 値上げすることになりました。
ne.a.ge.su.ru.ko.to.ni./na.ri.ma.shi.ta.
要漲價了。

MP3 258

話中(はなしちゅう)です。

ha.na.shi.chu.u.de.su.

通話中。

説 明

「～中」是代表處於某個狀態。「話中」就表示正在講話，也就是通話中的意思。當自己很忙抽不開身的時候，就可以用這個關鍵字來表達。例如：「会議中です」。

會 話

A：大田(おおた)ですが、鈴木(すずき)さんはいらっしゃいますか？

o.o.ta.de.su.ga./su.zu.ki.sa.n.wa./i.ra.ssha.i.ma.su.ka.

我是大田，請問鈴木先生在嗎？

B：すいませんが、彼(かれ)は今(いま)話中(はなしちゅう)です。

su.i.ma.se.n.ga./ka.re.wa./i.ma./ha.na.shi.chu.u.de.su.

不好意思，他現在電話中。

應用句子

✽ 留守中(るすちゅう)なんです。

ru.su.chu.u.na.n.de.su.

不在家。

✽ 予約受付中(よやくうけつけちゅう)です。

yo.ya.ku./u.ke.tsu.ke.chu.u.de.su.

接受預約中。

ので。

no.de.

因為。

說　明

在較正式的場合，要表示因為某些原因，造成現在的結果，或是表明理由的時候，會用「ので」放在理由後面，表述自己的立場和狀態。

會話一

A：この部分(ぶぶん)、ちょっとわからないので、教(おし)えてください。

ko.no.bu.bu.n./cho.tto.wa.ka.ra.na.i.no.de./o.shi.e.te.ku.da.sa.i.

這部分我不太了解，可以請你告訴我嗎？

B：いいですよ。

i.i.de.su.yo.

好啊。

會話二

A：あっ、山崎(やまさき)さん。どうぞお上(あ)がりください。どうしたんですか、突然(とつぜん)。

a./ya.ma.sa.ki.sa.n./do.u.zo./o.a.ga.ri.ku.da.sa.i./do.u.shi.ta.n.de.su.ka./to.tsu.ze.n.

山崎先生，請進來坐。有什麼事嗎？怎麼突然來了。

B：ええ、ちょっとその辺(へん)まで来(き)ましたので。

e.e./cho.tto.so.no.he.n.ma.de./ki.ma.shi.ta.no.de.

嗯，因為剛好到這附近來。

MP3 260

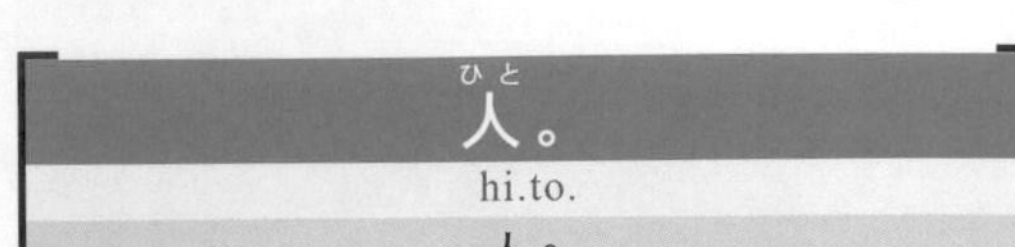

人(ひと)。

hi.to.

人。

說　明

「人」除了人類的人這個意思之外，也是「成員」的意思，另外也可以當作是某種有共同特性的人的分類。

會　話

A：すみません。市役所(しやくしょ)はどこですが？

su.mi.ma.se.n./shi.ya.ku.sho.wa./do.ko.de.su.ka.

不好意思，請問市公所在哪裡？

B：わたし、ここの人(ひと)じゃないんです、すみません。

wa.ta.shi./ko.ko.no.hi.to./ja.na.i.n.de.su./su.mi.ma.se.n.

我不是住這裡的人，對不起。

應用句子

✽ 女(おんな)の人(ひと)です。

o.n.na.no.hi.to.de.su.

女性。

✽ 若(わか)い人(ひと)です。

wa.ka.i.hi.to.de.su.

年輕人。

八百屋（やおや）さん。

ya.o.ya.sa.n.

蔬菜店。／賣菜的。

說　明

「～さん」一般是在稱呼對方的時候，前面會加上姓或名。但是有的時候，我們會在行業類別後面加上這個字，來代表從事這個行業的人，或是指這間公司，不一定是單指特定的一個人。

會　話

A：もしもし、八百屋（やおや）さんですか？

mo.shi.mo.shi./ya.o.ya.sa.n.de.su.ka.

喂，是蔬菜店嗎？

B：はい、上野八百屋（うえのやおや）です。

ha.i./u.e.no.ya.o.ya.de.su.

是的，這裡是上野蔬菜店。

應用句子

✽お医者（いしゃ）さんに診（み）てもらう。

o.i.sha.sa.n.ni./mi.te.mo.ra.u.

去看醫生。

✽こんなご近所（きんじょ）さんがいてほしい。

ko.n.na.o.ki.n.jo.sa.n.ga./i.te.ho.shi.i.

希望有這種鄰居。

MP3 262

わけ。

wa.ke.

原因。／理由。

說　明

「わけ」是理由的意思，「わけじゃない」是「並不是…」的意思，而「わけには行かない」則是「不能…」的意思。兩句長得雖像，但意思完全不同，在對話的時候要注意對方所說的是哪一句。

會話一

A：行きたくないですか？

i.ki.ta.ku.na.i.de.su.ka.

不想去嗎？

B：行きたくないわけじゃなくて、行けないんです。

i.ki.ta.ku.na.i.wa.ke.ja.na.ku.te./i.ke.na.i.n.de.su.

不是不想去，是不能去。

會話二

A：一緒に帰ろうか？

i.ssho.ni.ka.e.ro.u.ka.

要不要一起回家？

B：仕事がまだ終わらないから帰るわけには行かないよ。

shi.go.to.ga./ma.da.o.wa.ra.na.i.ka.ra./ka.e.ru.wa.ke.ni.wa./i.ka.na.i.yo.

工作還沒做完，沒有理由回家啊！

しばらく。

shi.ba.ra.ku.

暫時。

説　明

「しばらく」是暫時的意思，需要對方稍等或是表明自己暫且做了什麼樣的決定時，可以使用。

會　話

A：アパートを探し当てましたか？

a.pa.a.to.o./sa.ga.shi.a.te.ma.shi.ta.ka.

你找到公寓住了嗎？

B：いや、まだ見つかりません。しばらくの間、友達のところに泊まります。

i.ya./ma.da.mi.tsu.ka.ri.ma.se.n./shi.ba.ra.ku.no.a.i.da./to.mo.da.chi.no.to.ko.ro.ni./to.ma.ri.ma.su.

還沒找到，先暫時住在朋友家。

應用句子

✻ しばらくお待ちください。

shi.ba.ra.ku./o.ma.chi.ku.da.sa.i.

請稍等。

✻ しばらくすると雨が降ってきた。

shi.ba.ra.ku.su.ru.to./a.mc.ga.fu.tte.ki.ta.

過不了多久，就下雨了。

MP3 264

来る(く)と言(い)った。

ku.ru.to.i.tta.

說會來。

說　明

在聊天時要轉述別人的說法時，會先複述一次對方的說法，再加上「と言った」來表示這句話是對方說的。

會　話

A：橋本(はしもと)さんはまだですか？

ha.shi.mo.to.sa.n.wa./ma.da.de.su.ka.

橋本先生還沒來嗎？

B：昨日電話(きのうでんわ)で必(かなら)ず来(く)ると言(い)ったのに。

ki.no.u./de.n.wa.de./ka.na.ra.zu.ku.ru.to./i.tta.no.ni.

昨天電話裡他明明說一定會來的。

應用句子

✽ 行(い)けないと言(い)いました。

i.ke.na.i.to./i.i.ma.shi.ta.

說不能去了。

✽ あまり好(す)きじゃないと言(い)いました。

a.ma.ri.su.ki.ja.na.i.to./i.i.ma.shi.ta.

說不喜歡。

遊(あそ)ぼう。

a.so.bo.u.

一起來玩。

說　明

想要請對方過來和自己一起玩，可以說「一緒に遊ぼう」，常常可以聽到小朋友們說這句話，要求對方一起來玩。

會　話

A：ね、一緒(いっしょ)に遊(あそ)ぼうよ。
ne./i.ssho.ni./a.so.bo.u.yo.
一起玩吧！

B：ごめん、今(いま)はちょっと、あとでいい？
go.me.n./i.ma.wa.cho.tto./a.to.de.i.i.
對不起，現在正忙，等一下好嗎？

應用句子

✿ また遊(あそ)ぼうね。
ma.ta.a.so.bo.u.ne.
再一起玩吧！

✿ 皆(みな)で遊(あそ)ぼう。
mi.na.de.a.so.bo.u.
大家一起玩吧！

✿ 遊(あそ)びましょう。
a.so.bi.ma.sho.u.
來玩吧！

遅（おく）れる。

o.ku.re.ru.

遲到。／晚到。

説　明

「遅れる」除了是人遲到的意思之外，火車誤點等非人的事物也可以用這個關鍵字來表示。

會　話

A：どうして遅刻（ちこく）したの？

do.u.shi.te./chi.ko.ku.shi.ta.no.

為什麼遲到？

B：電車（でんしゃ）が二時間（にじかん）も遅（おく）れたんだ。ごめん。

de.n.sha.ga./ni.ji.ka.n.mo.o.ku.re.ta.n.da./go.me.n.

因為火車誤點兩個小時，對不起。

應用句子

✽ 遅（おく）れてすみません。

o.ku.re.te./su.mi.ma.se.n.

對不起我遲到了。

✽ 遅（おく）れてごめん。

o.ku.re.te./go.me.n.

不好意思我遲到了。

構（かま）わない。

ka.ma.wa.na.i.

不在乎。

說明

表示自己不在乎什麼事情的時候，可以用「構わない」來表示，說明自己並不介意，請對方也不要太在意。

會話

A：そろそろ行（い）きましょうか。

so.ro.so./ro.i.ki.ma.sho.u.ka.

該走了。

B：わたしに構（かま）わないで先（さき）に行（い）ってください。

wa.ta.shi.ni./ka.ma.wa.na.i.de./sa.ki.ni.i.tte./ku.da.sa.i.

別在意我，你先走吧！

應用句子

✽ タバコを吸（す）っても構（かま）いませんか？

ta.ba.ko.o./su.tte.mo./ka.ma.i.ma.se.n.ka.

可以吸煙嗎？

✽ いつでも構（かま）わないよ。

i.tsu.de.mo.ka.ma.wa.na.i.yo.

隨時都可以喔。

Chapter
10
請求協助篇

待(ま)って。

ma.tte.

等一下。

說　明

談話時，要請對方稍微等自己一下的時候，可以用這句話來請對方稍作等待。

會　話

A：じゃ、行(い)ってきます。
ja./i.tte.ki.ma.su.
我出門囉。

B：あっ、待(ま)ってください。
a./ma.tte.ku.da.sa.i.
啊，等一下。

應用句子

✽ちょっと待(ま)ってください。
jo.tto./ma.tte.ku.da.sa.i.
請等一下。

✽少々(しょうしょう)お待(ま)ちください。
sho.u.sho.u./o.ma.chi.ku.da.sa.i.
請稍候。

✽待(ま)って。
ma.tte.
等等！

MP3 269

お願い。

o.ne.ga.i.

拜託。

說明

有求於人的時候，再說出自己的需求之後，再加上一句「お願い」，就能表示自己真的很需要幫忙。

會話

A：お菓子を買ってきてくれない？

o.ka.shi.o./ka.tte.ki.te./ku.re.na.i.

幫我買些零食回來好嗎？

B：嫌だよ。

i.ya.da.yo.

不要！

A：お願い！

o.ne.ga.i.

拜託啦！

應用句子

✱ お願いがあるんですが。

o.ne.ga.i.ga./a.ru.n.de.su.ga.

有些事要拜託你。

✱ お願いします。

o.ne.ga.i.shi.ma.su.

拜託。

✱ 一生のお願い！

i.ssho.u.no.o.ne.ga.i.

一生所願！／就求你這次！

手伝(てつだ)って。

te.tsu.da.tte.

幫幫我。

說 明

當自己一個人的能力沒有辦法負荷，要請別人伸出援手時，可以說「手伝ってください」，以請求支援。

會 話

A：ちょっと本棚(ほんだな)の整理(せいり)を手伝(てつだ)ってくれない？

cho.tto./ho.n.da.na.no.se.i.ri.o./te.tsu.da.tte.ku.re.na.i.

可以幫我整理書櫃嗎？

B：へえ、嫌(いや)だよ。

he.e./i.ya.da.yo.

啊？不要。

應用句子

✽ 手伝(てつだ)ってください。

te.tsu.da.tte./ku.da.sa.i.

請幫我。

✽ 手伝(てつだ)ってちょうだい。

te.tsu.da.tte./cho.u.da.i.

幫幫我吧！

✽ 手伝(てつだ)ってくれてありがとう。

te.tsu.da.tte.ku.re.te./a.ri.ga.to.u.

謝謝你幫我。

MP3 271

ください。

ku.da.sa.i.

請。

說　明

要求別人做什麼事的時候，後面加上ください，就表示了禮貌，相當於是中文裡的「請」。

會話一

A：これください。

ko.re.ku.da.sa.i.

請給我這個。

B：かしこまりました。

ka.shi.ko.ma.ri.ma.shi.ta.

好的。

會話二

A：静（しず）かにしてください。

shi.zu.ka.ni.shi.te./ku.da.sa.i.

請安靜一點。

B：すみません。

su.mi.ma.se.n.

對不起。

MP3 272

許(ゆる)してください。

yu.ru.shi.te./ku.da.sa.i.

請原諒我。

說　明

「許す」是中文裡「原諒」的意思，加上了「ください」就是請原諒我的意思。若是不小心冒犯了對方，就立即用這句話道歉，請求對方原諒。

會　話

A：まだ勉強中(べんきょうちゅう)なので、間違(まちが)っているかもしれませんが、許(ゆる)してくださいね。

ma.da./be.n.kyo.u.chu.u.na.no.de./ma.chi.ga.tte.i.ru./ka.mo.shi.re.ma.se.n.ga./yu.ru.shi.te./ku.da.sa.i.ne.

我還在學習，也許會有錯誤的地方，請見諒。

B：いいえ、こちらこそ。

i.i.e./ko.chi.ra.ko.so.

彼此彼此。

應用句子

✽ お許(ゆる)しください。

o.yu.ru.shi.ku.da.sa.i.

原諒我。

✽ まだ初心者(しょしんしゃ)なので、許(ゆる)してください。

ma.da.sho.shi.n.sha.na.no.de./yu.ru.shi.te./ku.da.sa.i.

還是初學者，請見諒。

MP3 273

来（き）てください。

ki.te.ku.da.sa.i.

請過來。

説明

要請對方走過來、參加或是前來光臨的時候，都是用這句話，可以用在邀請對方的時候。

會話

A：楽（たの）しい時間（じかん）がすごせました。ありがとうございました。
ta.no.shi.i.ji.ka.n.ga./su.go.se.ma.shi.ta./a.ri.ga.to.u./go.za.i.ma.su.
我度過了很開心的時間，謝謝。

B：また遊（あそ）びに来（き）てくださいね。
ma.ta./a.so.bi.ni.ki.te./ku.da.sa.i.ne.
下次再來玩吧！

應用句子

✽見（み）に来（き）てくださいね。
mi.ni.ki.te.ku.da.sa.i.ne.
請來看。

✽是非（ぜひ）ライブに来（き）てください。
ze.hi./ra.i.bu.ni./ki.te.ku.da.sa.i.
請來參加演唱會。

もう一度。

mo.u.i.chi.do.

再一次。

説明

想要請對方再說一次，或是再做一次的時候，可以使用這個關鍵字。另外自己想要再做、再說一次的時候，也可以使用。

會話

A：すみません。もう一度説明してください。
su.mi.ma.se.n./mo.u.i.chi.do./se.tsu.me.i.shi.te.ku.da.sa.i.
對不起，請你再説明一次。

B：はい。
ha.i.
好。

應用句子

✽もう一度やり直してください。
mo.u.i.chi.do./ya.ri.na.o.shi.te./ku.da.sa.i.
請再做一次。

✽もう一度頑張りたい。
mo.u.i.chi.do./ga.n.ba.ri.ta.i.
想再努力一次。

MP3 275

頼む。

ta.no.mu.

拜託。

說明

對於比較熟的人，說話不用那麼拘泥的時候，就可以用「頼む」來表示自己的請託之意。

會話

A：頼むから、タバコだけはやめてくれ。
ta.no.mu.ka.ra./ta.ba.ko.da.ke.wa./ya.me.te.ku.re.
拜託你戒菸。

B：それは無理！
so.re.wa.mu.ri.
不可能。

應用句子

✽ ちょっと頼みたいことがある。
cho.tto./ta.no.mi.ta.i.ko.to.ga.a.ru.
有點事要拜託你。

✽ この荷物を頼みますよ。
ko.no.ni.mo.tsu.o./ta.no.mi.ma.su.yo.
這行李就麻煩你了。

助（たす）けて。

ta.su.ke.te.

救救我。

說　明

遇到緊急的狀況，或是束手無策的狀態時，用「助けて」可以表示自己的無助，以請求別人出手援助。

會　話

A：誰（だれ）か助（たす）けて！

da.re.ka.ta.su.ke.te.

快來人啊！救命啊！

B：どうしましたか？

do.u.shi.ma.shi.ta.ka.

發生什麼事了？

應用句子

✻ 助（たす）けてください。

ta.su.ke.te.ku./da.sa.i.

請幫幫我。

✻ 今日（きょう）のところはどうか助（たす）けてください。

kyo.u.no.to.ko.ro.wa./do.u.ka./ta.su.ke.te.ku.da.sa.i.

無論如何拜託請幫幫我。

MP3 277

いただけませんか？

i.ta.da.ke.ma.se.n.ka.

可以嗎？

說明

在正式請求的場合時，更為禮貌的說法就是「～ていただけませんか」。

會話

A：日本語(にほんご)に訳(やく)していただけませんか？
ni.ho.n.go.ni./ya.ku.shi.te./i.ta.da.ke.ma.se.n.ka.
可以幫我翻成日文嗎？

B：ええ、いいですよ。
e.e./i.i.de.su.yo.
好啊。

應用句子

✽ 教(おし)えていただけませんか？
o.shi.e.te./i.ta.da.ke.ma.se.n.ka.
可以教我嗎？

✽ 手伝(てつだ)っていただけませんか？
te.tsu.da.tte./i.ta.da.ke.ma.se.n.ka.
可以幫我嗎？

ちょうだい。

cho.u.da.i.

給我。

説　明

要請對方給自己東西或請對方幫自己做些事情的時候，就可以用這個關鍵字。

會　話

A：わたしは誰(だれ)だ？当(あ)ててみて。

wa.ta.shi.wa./da.re.da./a.te.te.mi.te.

猜猜我是誰？

B：分(わ)からないよ。ヒントをちょうだい。

wa.ka.ra.na.i.yo./hi.n.to.o./cho.u.da.i.

我猜不到，給我點提示。

應用句子

✽これをちょうだいできましょうか？

ko.re.o./cho.u.da.i.de.ki.ma.sho.u.ka.

這個可以給我嗎？

✽十分(じゅうぶん)ちょうだいしました。

ju.u.bu.n./cho.u.da.i.shi.ma.shi.ta.

已經夠了。

もらえませんか？

mo.ra.e.ma.se.n.ka.

可以嗎？

說明

比起「～ていただけませんか」，「～てもらえませんか」比較沒有那麼正式，但也是禮貌的說法，也是用於請求對方的時候。

會話

A：辞書をちょっと見せてもらえませんか？
ji.sho.o./cho.tto.mi.se.te./mo.ra.e.ma.se.n.ka.
字典可以借我看看嗎？

B：はい、どうぞ。
ha.i./do.u.zo.
好的，請。

應用句子

✽ 教えてもらえませんか？
o.shi.e.te./mo.ra.e.ma.se.n.ka.
可以教我嗎？

✽ 傘を貸してもらえませんか？
ka.sa.o./ka.shi.te./mo.ra.e.ma.se.n.ka.
可以借我雨傘嗎？

約束（やくそく）。

ya.ku.so.ku.

約定。

說 明

當對方做出了承諾，自己想要求他做出保證時，或是自己主動提出誓言的時候，就可以用「約束する」來表示一言九鼎。

會話一

A：向（む）こうに着（つ）いたら必（かなら）ずメールしてね。

mu.ko.u.ni.tsu.i.ta.ra./ka.na.ra.zu.me.e.ru.shi.te.ne.

到了之後要記得寄mail給我喔！

B：うん、約束（やくそく）する。

u.n./ya.ku.so.ku.su.ru.

好，一言為定。

會話二

A：明日（あした）、飲（の）みに行（い）かない？

a.shi.ta./no.mi.ni.i.ka.na.i.

明天要不要去喝一杯？

B：ごめん、明日（あした）、約束（やくそく）があるんだ。

go.me.n./ya.ku.so.ku.ga./a.ru.n.da.

對不起，明天我有事。

MP3 281

くれない？

ku.re.na.i.

可以嗎？／可以給我嗎？

說　明

和「ください」比較起來，不那麼正式的說法，和朋友說話的時候，可以用這個說法，來表示希望對方給自己東西或是幫忙。

會　話

A：これ、買ってくれない？

ko.re./ka.tte.ku.re.na.i.

可以買這個給我嗎？

B：いいよ。たまにはプレゼント。

i.i.yo./ta.ma.ni.wa./pu.re.ze.n.to.

好啊，偶爾也送你些禮物。

應用句子

＊待ってくれない？

ma.tte.ku.re.na.i.

可以等我一下嗎？

＊絵の描き方を教えてくれませんか？

e.no.ka.ki.ka.ta.o./o.shi.e.te.ku.re.ma.se.n.ka.

可以教我怎麼畫畫嗎？

考(かんが)えて。

ka.n.ga.e.te.

請想一下。

説明

希望對方可以好好思考一下，可以用「考えて」；而自己想要思考一下再做決定時，則用「考えとく」。

會話

A：書(か)く前(まえ)に、ちゃんと考(かんが)えてね。

ka.ku.ma.e.ni./cha.n.to.ka.n.ga.e.te.ne.

下筆之前，先好好想一想喔。

B：はい、分(わ)かりました。

ha.i./wa.ka.ri.ma.shi.ta.

好。我知道了。

應用句子

✽ 考(かんが)えておく。

ka.n.ga.e.te.o.ku.

讓我想一想。

✽ もう一度(いちど)考(かんが)えてください。

mo.u.i.chi.do./ka.n.ga.e.te./ku.da.sa.i.

請再考慮一次。

✽ まだ考(かんが)えています。

ma.da./ka.n.ga.e.te.i.ma.su.

我還在想。

「腳痲了」怎麼說：你不能不學的日語常用句

一天會用到的日語，都在這本裡！
超過1500句生活實用會話，
幫助你日語溝通更上層樓，
從早上睜開眼到晚上就寢，
形容身體動作到發表內心感想。
想用日語說什麼，這裡全都告訴你！

原來如此：課本上沒有的日語單字

「ブサカワ」？　「ウケる」？
「イメチェン」？
日本人都在用，你還不知道？

精通日語，只靠課本還不夠！
課本裡學不到的日語單字。
超過1000個絕對能用到的超好用單字，
告訴你日本人生活中都在講什麼！

懶人日語單字：舉一反三的日語單字書

活用日語不詞窮，
瞬間充實日語單字力！
一次背齊用得到的日語單字，
背單字不再是「點」的記憶！
本書將同關的詞彙串成「線」觸類旁通，
讓腦中單字「面」更寬廣，
配合精選例句熟悉活用方法，
同時磨亮單字及會話兩樣溝通利器！

生活日語萬用手冊

～～日語學習更豐富多元～～
生活上常用的單字句子一應俱全，
用一本書讓日語學習的必備能力一次到位！

3 個字搞定日語會話

專為初級學習者設計的日語會話書，
拋開文法觀念、不需硬背複雜句型，
透過基礎用語，排列組合就能暢所欲言，
依說話對象及情況選擇會話內容。
無論是旅遊或交友，
用簡單日語快速上手馬上溝通！

懶人日語學習法：超好用日語文法書

無痛學習！
輕鬆記憶基礎必備的日語文法句型，
文法不可怕！
從「用得到」的文法學起，
快速掌握基礎文法，
簡單入門馬上活用！
突破初級文法接軌中級日語。

全民學日語
40

日語關鍵字一把抓

雅致風靡　典藏文化

親愛的顧客您好，感謝您購買這本書。即日起，填寫讀者回函卡寄回至本公司，我們每月將抽出一百名回函讀者，寄出精美禮物並享有生日當月購書優惠！想知道更多更即時的消息，歡迎加入"永續圖書粉絲團"

您也可以選擇傳真、掃描或用本公司準備的免郵回函寄回，謝謝。

傳真電話：（02）8647-3660　　電子信箱：yungjiuh@ms45.hinet.net

姓名：	性別：　□男　□女
出生日期：　年　月　日	電話：
學歷：	職業：
E-mail：	
地址：□□□	
從何處購買此書：	購買金額：　元
購買本書動機：□封面 □書名 □排版 □內容 □作者 □偶然衝動	
你對本書的意見： 內容：□滿意□尚可□待改進　編輯：□滿意□尚可□待改進 封面：□滿意□尚可□待改進　定價：□滿意□尚可□待改進	
其他建議：	

剪下後傳真、掃描或寄回至「22103新北市汐止區大同路3段194號9樓之1雅典文化收」

總經銷：永續圖書有限公司

永續圖書線上購物網

www.foreverbooks.com.tw

您可以使用以下方式將回函寄回。

您的回覆，是我們進步的最大動力，謝謝。

① 使用本公司準備的免郵回函寄回。

② 傳真電話：（02）8647-3660

③ 掃描圖檔寄到電子信箱：

yungjiuh@ms45.hinet.net

沿此線對折後寄回，謝謝。

廣 告 回 信
基隆郵局登記證
基隆廣字第056號

221-03

雅典文化事業有限公司　收

新北市汐止區大同路三段194號9樓之1

雅致風靡　典藏文化